Götz Schmidt

SIEBENKNIE

Eine Kindheit und Jugend
in Kriegs- und Nachkriegszeiten.

Die Namen einiger Personen und Orte wurden verändert

„Hier in Murrhardt ging es uns gut und wir hatten schönes Essen und vor allen Dingen Ruhe.
Nur Tieffliegeralarm, Bahnbeschuss."

(Aus dem Tagebuch meiner Mutter, April 1945)

Bibliografische Informationen der Deutschen Nationalbibliothek. Die Deutsche Nationalbibliothek verzeichnet diese Publikation in der Deutschen Nationalbibliografie; detaillierte bibliografische Daten sind im Internet über http//dnb.dnb.de abrufbar.

Copyright © Götz Schmidt, 2016

Herstellung und Verlag:
BoD – Books on Demand, Norderstedt.

ISBN 9783743101791

Als meine Kinderwelt unterging, ging nicht nur meine Welt unter. Die Zeit der Hand- und Spannarbeit ging zu Ende. Das Erdöl-Zeitalter begann.

In den zwanzig, fünfundzwanzig Jahren nach dem Ende des 2. Weltkrieges hatte die Geschichte Siebenmeilen-Stiefel an. Meine Kindheit und Jugend liegt wie ein fernes Land in einem anderen Zeitalter. Hinter einer Mauer, gebaut aus Verachtung und Romantisierung der bäuerlich / handwerklichen Welt.

INHALT

Klagen..12
    Einquartiert...13
    amamus..13
    Draußen, Freiheit und Gleichheit....................15
Krieg, Nachkrieg..16
    Es war immer Winter......................................17
    Tagebuch..18
    Tante Lizzes Tod...19
    USA, das heißt Amerika..................................20
    Meine Mutter, 30 Jahre alt..............................21
    Kriegsende: Das Rathaus hatte ohne die geringste Unterbrechung Betrieb.......................23
Kindheit..25
    Die deutsche Mutter und ihr erstes Kind........26
    Kindergarten, im Holzverschlag unter der Treppe..27
    Kantschuk oder die Kautschuk-Peitsche.........27
    Sadisten, Fromme und Tobende......................29
    Spucke auf Opa Davids Zeigefinger...............29
    Schlittenfahren im Sommer mit meinem Schmiedt-Ehne..30
    Sensibelchen..31
    An Vaters Stelle..32
    Siebenknie, Glück..33
    Kindergesellschaft...33

„Die werden sich schon etwas gedacht haben."..................34
Die Polizei in der Küche..................35
Gustävle..................36
Der Spion..................37
Löschblatt..................37
Kinder kaufen und verkaufen..................37
Krankheitsrituale und die Würmer..................38
Heimatkunde in der Volksschule..................39
Barfuß über Teerstraßen..................41
Die Kraft der Wörter..................43
Feuersee..................44
Anita. Amrum 1..................45
Meine Lederhose. Amrum 2..................46
Zweierlei Geschenke..................47
Familienfotos..................*48*
   Kinder, frei, ohne Fotos..................49
   Schmidt-Ehne, Schmidt-Ahne..................50
Flüchtlinge..................*52*
   Millionär..................53
   Opa Davids Zettel..................53
   Onkel Heinrichs Zisterne..................55
   Wasserspülung..................55
   Haus gebaut..................56
   Hälenga g´scheit. (Heimlich klug)..................57
   Beschämt..................58
   Die Kraft der Erinnerungen..................59
   „Heimat in der Steppe"..................60
   Erzählungen über Bessarabien..................61
      Die schönen Geschichten..................61
      Die schlechten Geschichten..................64
      Dolmetscher zwischen den Fronten..................65
      Wie reden über die Verstrickung?..................66
      Herr, lass uns nie vergessen, wie gut es war daheim..................67
   Flüchtlinge in der Zwischenwelt..................69
   Ostflüchtlinge, mit schwarzen Kopftüchern

und Schaffellmützen in Fezform................70
Die Legende vom „Lastenausgleich".........72
Gärten für die Flüchtlinge. Die Stadt lässt dafür den Sportplatz umpflügen................74
Land zum Bauen - das Ende der Einquartierung..........76
Ein Flüchtling wehrt sich..........77
„Was du im Kopf hast, das kann dir niemand nehmen"..................78
Flüchtlinge, „Motor des Wirtschaftswunders"..........80
Vorteile des Flüchtlingskinder-Lebens........81

Gerüche und Klänge alter und neuer Zeiten............83
Saublons..................84
Die Gerüche meiner Kindheit überfielen mich in einem Museum............84
Gerüche, verschieden........................85
Neue Gerüche............87
Wegriechen..................88
Schmied Zügel..................89
Mosterei Haisch..................90
Most..................91
Mostköpfe..................92
Beim Uhrmacher Pharion................93
Westminster Schlag..................94
Technik, vaterlos..................94
Autos..................95
Kühe und Autos..................96

Meine Tiere..................97
Schnecken..................98
Pfausgrotten küssen..................98
Grillen..................99
Insele..................99
Hühner..................100
Fische..................102
Kühe..................103
Kühe unterwegs..................103

Meine Mutter wird ohnmächtig..................104
Voss-Margerine..................104
Bison und Indianer..................106
Onkel Robert, Tierarzt..................108
Bis zur Schulter in der Kuh..................108
Im Schlachthof..................108
Mozart..................110
Onkel Huber (Der Tod meines Ersatzvaters)..................111
Null-Einser Lok..................112
Wie ich lernte immer wieder neu anzufangen 112
Plötzlich weg..................113
Kitsch im Kopf..................113
Jugend..................115
Bekehrung..................115
Sexualaufklärung..................116
Der Teufel aus Murrhardt..................117
Dreckige Witze im Posaunenchor: der Schwarze Müller und der Knieschuss..................119
Kino I: Disneys Schneewittchen..................120
Kino II: Resnais „Nacht und Nebel"..................121
Die neuen Lehrer..................121
Die letzten Schläge mit 17..................122
Chemielabor im Kinderzimmer..................123
Die große Stadt und der Betriebsrat Fritz Lamm..................124
Blatt vom Baum, Hitlers Fehler..................125
Tanzstunde..................126
Sternocleidomastoideus..................127
Wandern..................128
Landschaft, weich, glitschig, manchmal auch Felsen..................129
Siebenknie..................131
„Dorf vergeht - Landschaft besteht"4..................132
Meine Helden..................135
Bertle..................135
Dr. Rolf Schweizer..................136

Märchenhafte Erfolge...........138
    Ich werde Uhrmacher...........138
    Ein Kilo zunehmen. Amrum 3...........138
    Ich werde Chemiker...........139
    Ich werde Philosoph...........139
Schwäbisch...........141
    Die Blütendüfte von Marbert...........141
    Schwäbisch und Honoratioren-Schwäbisch..142
    Schwäbisch: Freundlich - böse...........143
    Schwäbisch mit Eugen Gerstenmaier...........144
    Sartre...........146
Akkordeon...........147
    Akkordeon mit Lehrer Wetzstein...........148
    Akkordeon, das „tote Instrument"...........150
„Gefährlich": Nietzsche und Benn...........152
Fabrik und Baustelle...........154
    Handstand, gedrückt...........154
    Kunst in der Fabrik (MPV, Pelzveredlung)...155
    Bloß keine Karriere...........156
    Halbautomat (Fa. Schumm)...........157
    Arbeit – Akkordarbeit (Gamper/NIL)...........158
Bauern...........160
    Bauernhof in Württemberg...........161
    Tante Clara...........161
    Enterbt. Onkel Franz und die Quickly...........162
    Ein Großbauernsohn wird Facharbeiter...........163
    Onkel Albert stirbt...........164
Tübingen...........165
    Student...........165
    Stocherkähne...........165
    Herrenzeiten vorbei...........166
    Verpasst...........168
    Gefolgschaft ohne Anführer...........169
    Einsamkeit und Freiheit...........170
    Zwei Dias nebeneinander...........171
    SDS...........171
    Politische Romantik und die Brüder Hepp....172
    „Deutscher Michel"...........174

Verrückt..........174
Flucht aus Tübingen..........176
Liberty..........177
NACHSCHRIFTEN..........179
Über die Beschränktheit der Kindersicht..........179
1. Der „Hasenmetzger" und die Nazis. Die Pietisten, noch einmal..........179
2. Der Lederfabrikant Richard Schweizer, ein schwäbischer Schindler..........181
ANHANG..........184
Bessarabien? Wo ist das denn? Im Kaukasus?..........184
Karte von Bessarabien (zwischen 1919-1939)..........184
Quellen..........186
Bildnachweis..........189
Reportagen, Essays, Zeitungsartikel von Götz Schmidt..........190

Klagen

Klagen

Reinhold Reinhold Nägele: Schwäbische Hochzeit (1909)

Einquartiert

Das Bild des Malers Reinhold Nägele zeigt eine Ansicht meiner Heimatstadt Murrhardt. Nägeles Bild ist eines meiner Heimat-Traumbilder. Der Blickpunkt des Malers ist zwar etwas überhöht, doch all das war zu sehen, wenn ich in meiner Kindheit aus dem Fenster blickte. Die Murr, der Gasthof zum „Ochsen", die Brücke mit dem Inselchen, das Torhäuschen mit Garten, der hölzerne Leiterwagen, der Dunst aus den Holz- und Brikettöfen, der sich fast heimelig über die enge Stadt legt.

Doch zu den Glücklichen, vor denen es auf Nägeles Bild nur so wimmelt (besonders im 2. Stock des Gasthauses zum „Ochsen"), zu dieser schwäbischen Gesellschaft gehörte ich nicht. Meine Mutter war „Kriegerwitwe", mich und meine Schwester nannten sie „Flüchtlingskind". Wir wurden 1945 genau gegenüber dem „Ochsen" in das Haus eines wohlhabenden Eisenwarenhändlers zwangsweise einquartiert. In zwei Zimmer mitten in die Wohnung platziert, dasselbe Klo nutzend, unsere Küche auf dem gemeinsamen Gang. Da war auch für uns Kinder bald klar: willkommen waren wir nicht. Die „Einquartierung" dauerte bis 1953, bis zu meinem zwölften Lebensjahr.

Wir wohnten mitten in der Kleinstadt, nicht isoliert in Containern, Zelten, Baracken wie die Flüchtlinge von heute. Wir kamen aus Bessarabien am Schwarzen Meer und sprachen das altertümliche Schwäbisch unserer ausgewanderten schwäbischen Vorfahren. Meine Großeltern, meine Verwandten waren wohlhabende Bauern, Mühlenbesitzer, Handwerker. Wir fühlten uns als Deutsche, fromm und tüchtig wie die Einheimischen. Es nützte uns nichts - sie nannten uns die „besseren Araber". Wer wir waren, woher wir kamen, das interessierte niemand. Für die Einheimischen waren wir „Flüchtlinge und so Zeugs".

amamus

Nägeles Bild zeigt Murrhardt vor seiner großen Verwandlung nach dem Krieg. Der blau schimmernde Bach auf Nägeles Bild – er war in meiner Kindheit oft eine braune Brühe. Die Abwässer der Lederfabrik liefen in die Murr. Die Steine im Bach wurden dadurch glitschig und wir rutschten aus und ekelten uns beim Baden.

Das kleine Fachwerkhaus (Torhäuschen) rechts neben der Gastwirtschaft wurde abgerissen durch den ersten Bagger, den ich erblickte. Ein außerirdisches, gewaltiges Monster. Der Abriss des Hauses, die Zerstörung des Gartens war eine Sensation meiner Kindheit. Ohne jedes Bedauern blickte ich staunend auf die Zerstörung. Der bayrische Baggerfahrer wurde einer meiner Helden. Er fluchte so entsetzlich, so unerhört gotteslästerlich, dass ich die Worte kaum zu denken, geschweige auszusprechen wagte. Das stieß mich an zu ersten Widergedanken gegen die pietistischen Stundenbrüder und Betschwestern, die sich im Wohnzimmer der Bäckerei zur „Stunde" versammelten. Der Gottesdienst am Sonntag war ihnen nicht genug. Nun traute ich mich sie „Sakristeiwanzen" zu nennen. Dabei kannte ich sie nicht einmal und sie taten mir nichts.

Die Pietisten wären für mich harmlose Kindergespenster geblieben, wenn da nicht der fromme Lateinlehrer gewesen wäre. Er war zugleich Leiter des Kindergottesdienstes. Er schlug uns Schulkinder regelmäßig. „Hasenmetzger" nannten wir ihn.

Während ich lateinisch amo, amas, amat - Ich liebe, du liebst er/sie/es liebt konjugierte stand er hinter mir. Bei „wir lieben" spürte ich den Fehler schon kommen und mit ihm den Schlag in mein Genick.

An Schläge war ich gewohnt, meist standen sie im Zusammenhang mit irgendwelchen Untaten. Der Fromme jedoch schlug mich, wenn ich mich abmühte, Gelerntes erinnern wollte. Er schlug mich mitten hinein ins Gedächtnis. Lernverweigerung, Verstocktheit waren noch die harmloseren Folgen. Der Hasenmetzger predigte am Sonntag im Kindergottesdienst die Liebe und in der Schule schlug er mich. Damit zerstörte er eine Schranke, die ich gebraucht hätte, wenn später Böses in mir aufstieg.

Draußen, Freiheit und Gleichheit.

Draußen, auf der Straße, der Postgasse, dem Ufer der Murr, der Landschaft mit ihren Pflanzen und Tieren hatten die Erwachsenen keine Gewalt über uns Kinder. Ob die Landschaft schön war oder nicht, dafür hatte ich damals keinen Begriff. Ich erfuhr die Landschaft als Ort der Freiheit und Gleichheit. Standesunterschiede der Murrhardter Gesellschaft und den Konflikt mit den Flüchtlingen habe ich in unserer Kindergesellschaft nie gespürt. Ich spielte ständig mit Herbert, dem etwas älteren Sohn der Kaufmannsfamilie, in deren Wohnung wir einquartiert waren. Entscheidend war, wer die besten Ideen für das Spielen am Bach, unter dem Wasserfall und im Wald hatte. Und später, wie man Ski fuhr. Die Landschaft war offen, wir konnten umherstreifen, wo wir wollten.

Noch etwas war überraschend: Wenn ich den Bauern auf der Wiese half, die Kuh hielt, Heuhaufen zusammenrechte, bei der Apfelernte half, dann bekam ich ein Wurstbrot, so als wäre ich auch eine Arbeitskraft wie die Erwachsenen. Ich fuhr mit auf den von Kühen in atemberaubender Langsamkeit gezogenen Fuhrwerken. Viele Einheimische im Ort hatten ein Obst-„Stückle" und freuten sich über Hilfe, aber auch über Gesellschaft. Die Schrecken meiner Kindheit (die Frommen und die Honoratioren) ließen sich hier nicht blicken. Wer hier etwas zu sagen haben wollte, der musste auch arbeiten. Ich erlebte bei der Arbeit zum ersten Mal, dass die Einheimischen auch freundlich sein konnten. Sie „schwätzten" gerne bei der Arbeit und so „schwätzten" sie mit mir. – Hier fühlte ich mich willkommen, obwohl mir nichts gehörte.

Krieg, Nachkrieg

Bunker an der Straße nach Siegelsberg

Krieg, Nachkrieg

Es war immer Winter.
Obwohl ich bei Flucht und Kriegsende schon dreieinhalb Jahre alt war, habe ich nur wenige Erinnerungen daran. Sie verwirren sich mit Erzählungen und Fotos, die mir gezeigt wurden.
Ich sehe Bomben-Flugzeuge zwischen Häuserschluchten. Der Asphalt der Straße brennt, auf der Straße liegen schwarze, verkohlte, zusammen geschnurrte Menschen. Wie bei Max und Moritz der Pfeifenraucher, dem die Pfeife explodiert ist.

Meine fünf Sinne sind wie auseinander geplatzt. Bilder ohne Ton. Die Leichen geruchslos. Der brennende Asphalt ohne Hitze. Das Heulen der Sirenen erinnere ich losgelöst von allen Bildern, als entsetzlichen an- und abschwellenden Lärm. Heute bin ich kurz vor einer Panik, wenn ich die Sirenen höre, weil ein Keller überschwemmt, oder ein Auto Öl verloren hat. Eine Angst ohne Bilder, ohne Erinnerung an die Situation, in der ich die Sirenen in Berlin und Murrhardt hörte.

Es gibt viele Geschichten, die mir über Krieg und Flucht erzählt wurden. Darin war es immer Winter. Ende Januar 1945 begann unsere überstürzte Flucht aus Polen, wenige Tage vor dem Einmarsch der Russen. Die Parteibonzen, die jede Vorbereitung auf die Flucht als „Wehrkraftzersetzung" verfolgt und verhindert hatten, waren schon Tage vorher bequem im Zug oder ihren Autos abgereist. Mein Vater war tot. So floh meine Mutter allein, mit meiner Schwester im Kinderwagen und mit mir an ihrer Hand. Bei Minus 20 Grad fuhren wir zwei Tage und zwei Nächte auf offenen Fuhrwerken mit Pferden. Dann im offenen Güterwagen, und zuletzt bis Frankfurt/Oder im Packwagen eines Personenzuges. Das Essen war gefroren, die Züge überfüllt. Das Schrecklichste war die Gefahr, dass die Familie im brutalen Gedränge der Flüchtenden auseinander gerissen wird.
Bei meinem Großvater David geschah dies. Sein Treck wurde von den Russen beschossen und auseinander gerissen. Er allein konnte

sich retten. Seine Frau, die Schwiegertochter und mein drei Jahre alter Vetter Klaus wurden nach Kasachstan verschleppt.

In Berlin herrschte Hungersnot, wir aßen Futterrüben. Trotz Fliegeralarm ging meine Mutter in Berlin nicht mehr mit uns in den Keller, wir blieben in der Wohnung, während die Bomben fielen und die Häuser brannten. Später sagte sie uns zwei Gründe dafür. Sie hätte den Mut verloren gehabt, sie wollte nicht mehr. Ein anderes Mal hörte ich von ihr, dass die Keller voll waren, die Flüchtlinge wurden abgewiesen.
Ende März 1945 begann unsere Flucht aus Berlin nach Murrhardt in Württemberg. Eine Odyssee mit dem Zug durch ganz Deutschland, zu Fuß über zerstörte Eisenbahnbrücken. Meine Schwester im Kinderwagen, ich schon zu Fuß.
Als Kind fand ich diese Geschichten abenteuerlich und aufregend. Und heute staune ich darüber, wie hart gesotten Kinder sind, wenn nur die Mutter bei ihnen ist.

Tagebuch

Das Tagebuch meiner Mutter bricht mit dem Ende der Flucht ab. Worte für ihre Gefühle finden sich darin nicht. Ihre Sorgen gelten den Kindern. Mitten im Chaos der Flucht aus Polen im Januar 1945 findet meine Mutter bemerkenswert, dass der obere linke Backenzahn bei meiner Schwester herauskommt, wir alle schrecklichen Husten haben und alles Essen im offenen Güterwagen gefroren ist. Während des Bombenkrieges in Berlin, als wir nicht mehr in den Luftschutzkeller gingen, bekam meine Schwester das 3. Backenzähnchen. Nach der drei Tage dauernden Flucht aus Berlin Ende März 1945 in überfüllten Zügen, kamen wir endlich nach achtmaligem Umsteigen in Murrhardt an. Meine Mutter notiert:

> „Hier ging es uns gut und wir hatten schönes Essen und vor allen Dingen Ruhe. Nur Tieffliegeralarm, Bahnbeschuss."

Wir bekamen Masern, starke rote Flecken, sehr bösen Husten und meine Schwester den 4. Backenzahn unten rechts.

Tante Lizzes Tod

In dem benachbarten Dorf Siegelsberg wurde ein anderes Schwäbisch gesprochen. Die Dialektgrenze zu einem Schwäbisch mit fränkischem Einschlag verlief durch diese Gemarkung. Um ein ungewöhnliches „ua" herauszubringen und an den unmöglichsten Stellen in den Wörtern unterzubringen, musste der Mund schief verzogen werden. Die Lippen hingen dabei herunter. Die Kinder des Dorfes wurden in unserer Schule deshalb gehänselt. Ich spielte nie mit diesen Kindern, kannte die Gemarkung nicht und bin auch später nie wieder dort hingegangen. Die Landschaft Siegelsbergs war mir unheimlich. Der Grund dafür war der Tod meiner Tante Lizze (Alice).

In den letzten Kriegstagen wollte meine Mutter aus Murrhardt fliehen und uns in dem Bunker auf der Straße nach Siegelsberg verstecken. Meine Mutter fürchtete sich vor den „Negern" in den anrollenden amerikanischen Truppen. Überstürzt, mit wenigen Habseligkeiten und meiner jüngeren Schwester im Handwagen, gingen meine Mutter und Tante Lizze in Richtung Siegelsberg. Auf dem Weg wurde unsere kleine Gruppe von Tiefffliegern mit Maschinengewehren und Granaten angegriffen. Meine Tante Alice wurde vor meinen Augen getötet.

Ich weiß nichts mehr darüber, wie meine tote Tante aussah, was wir taten, wie wir schrieen. Als einzige Erinnerung an dieses Ereignis blieb mir ein lautloses Bild der Straße und des weiten Tals mit dunklem Waldrand.

„Das war auf dem Weg nach Siegelsberg". Das sagte meine Mutter, wenn später über den Tod Tante Alices geredet wurde. Eine Wegbeschreibung wurde zu meiner Erinnerung an das schrecklichste Ereignis des Krieges.

Die Geschichte wuchs sich zu einem Familientrauma aus. Selten wurde darüber gesprochen, doch soviel konnte ich verstehen: Meine Mutter fühlte sich schuldig am Tode meiner Tante, schuldig wegen ihrer Angst vor den „Negern". Schuld am Tode der Pflegetochter des Uhrmachers Carl Pharion. Tante Alice war die Briefpartnerin und Freundin meiner Mutter, als sie noch in Bessarabien lebte. Sie hatten sich gegenseitig besucht. Beide fuhren als Studentinnen mit dem Fahrrad durch Deutschland. Bei einem HJ-Treffen in Nürnberg schüttelten sie Hitler die Hand. Auf einem Foto spaziere ich mit ihr auf der Straße, die Hände im Rücken verschränkt. Bevor wir beim Eisenwarenhändler einquartiert wurden, hatte der Uhrmacher Pharion uns die erste Unterkunft in einem Zimmer seines Haus gewährt. Hier wurden wir mit großer Freundlichkeit aufgenommen und nun hatten wir alles zerstört.

Als Kind konnte ich nicht verstehen, warum meine Mutter solche Angst vor den „Negern" hatte. Über die Erfahrungen der Frauen mit den Russen, über Vergewaltigungen wurde nicht gesprochen. Ich hätte auch nicht gewusst, was das ist. Bei uns Kindern waren die „Neger" die Beliebtesten unter den Amis. Sie waren freundlich, sie gingen so lustig und beschenkten uns.

Liesbeth, die oben im zweiten Stock beim Bäcker wohnte, hatte einen „Neger" zum Freund. Damit, so hieß es, hat sie großes Glück gehabt. Denn schön war sie nicht.

USA, das heißt Amerika.

Als die Amis in Murrhardt durch die Straßen fuhren, stand ich am Straßenrand und rief Tschewing-Gum, Tschewing-Gum. Die Amis warfen Kaugummi, Schokolade und einmal sogar eine Dose Kakao herunter. Sie trugen Uniformen und Schnür-Stiefel, die nach Kampf aussahen, nicht nach Strammstehen wie die albernen Reithosen unserer Soldaten mit ihren polierten Lederstiefeln und steifen Schirmmützen. Pferde hatten die Amis nicht mehr. In ihren offenen Jeeps hingen sie lässig herum, fuhren durch Murrhardt, lachten und waren freundlich. Einmal sah ich einen, der die Füße mit Stiefeln auf den Tisch legte.

Von nach Amerika ausgewanderten Deutschen bekamen wir Flüchtlinge „Kär"-Pakete geschickt. Darin waren so unglaubliche Dinge wie Milch- und Kakaopulver und Cornedbeaf. Auf dem Paket, das wir unter dem Bett aufbewahrten, stand in großen Buchstaben „USA". Stolz verkündete ich meinen Freunden: „USA, das heißt Amerika".

Nur kurze Zeit stand vor unserem Haus wie ein Fabelwesen ein schwarzer Cadillac. Wenn ich aus dem Fenster herunterblickte, sah ich das ungeheure Blechgebirge mit hellen Ledersitzen und weißen Streifen auf den Rädern. Es hieß, dass dieser „Ami-Schlitten" 40 Liter Benzin auf hundert km verbrauchte. Der VW-Käfer war für uns seither lächerlich. Nicht weil er klein war, sondern weil er nur 5 Liter Benzin verbrauchte.

Meine Mutter, 30 Jahre alt

Außerhalb des oberen Friedhofs wurden die Kriegstoten Murrhardts beerdigt. Ich suchte nach dem Grab meiner Tante Lizze. Von der Gedenktafel erfuhr ich, dass sie mit 32 Jahren am 18. April 1945 starb. Einen Tag bevor die Amerikaner kamen und der Krieg in Murrhardt zu Ende war. Noch nie hatte ich darüber nachgedacht, wie alt sie war, als sie starb. Und ebenso war es für mich ohne jede Bedeutung, wie alt meine Mutter war, als sie 1945 mit uns zwei Kindern in Murrhardt als Flüchtling ankam. Jetzt rechnete ich es im Kopf aus: Sie war erst 30 Jahre alt. Mit 30 hing ich als Student in Berlin herum und lebte nicht schlecht von einem Stipendium.

Als Kind wusste ich nicht, wovon wir lebten. Ich wusste nur, dass wir arm waren. Meine Mutter, eine in Bukarest ausgebildete Lehrerin für Biologie und Chemie, konnte nicht regelmäßig in ihrem Beruf arbeiten. Sie musste uns beide Kinder versorgen. Sie kochte und wusch die Wäsche für meinen Opa David, ihre Schwester (Tante Elvira) und ihren Bruder, den Onkel Heinrich. Dafür wird sie wohl etwas Kostgeld von den Verwandten bekommen haben.

Krieg, Nachkrieg

260 DM im Monat. Das Einkommen meiner Mutter 1950

Auf einer Postkarte teilte meine Mutter 1950 dem Finanzministerium mit, dass sie monatlich 206,- DM Witwengeld und je 27,- DM Waisengeld erhält. Zeitweise bekam sie für 144,- DM im Monat eine halbe Lehrerstelle. Das Geld reichte zum Leben. Wir hungerten nicht. Doch wir waren mager. Vom Landkreis wurden wir ins Ferienlager nach Amrum „verschickt" - um an Gewicht zuzunehmen.
Meine Mutter hat nie geklagt, sie hat sich nie über ihr Leben beschwert. Sie ärgerte sich manchmal ausgiebig über Kleinigkeiten. Dabei stieß sie das Wort „Heidenei" aus. Uns und die Kinder der Verwandtschaft hat sie großzügig mit Geschenken erfreut. Manchmal erschrak ich über all die Dinge, die sie hergab, obwohl sie wenig hatte. Sie hat immer gearbeitet. Sie blickte immer tatkräftig in die Welt hinein. Glück in ihren Augen sah ich nie.

Kriegsende: Das Rathaus hatte ohne die geringste Unterbrechung Betrieb

War nach dem Krieg alles verwüstet? Kamen wir Flüchtlinge in eine zusammen gebrochene Welt, die bei Null anfing? In der alle gleichermaßen arm dran waren? Meine Kindersicht war ganz anders und ich war überrascht, als ich sie in den Berichten der Zeitgenossen bestätigt sah.
In der „Murrhardter Chronik 1945/46", beschreibt der Lehrer Eugen Gürr die Welt nach dem Ende des Krieges.
Am 18.4.45 flüchteten die letzten trostlosen Haufen der Wehrmacht durch Murrhardt. Am 19.4. kamen die Amerikaner. „Das Rathaus hatte auch am 18. und 19.4.1945 ohne die geringste Unterbrechung Betrieb." Schon bald konnte man seine Steuern an die Stadtkasse bezahlen. An das Finanzamt der Kreisstadt Backnang drei Wochen nach Kriegsende.
Geschäftig geht es weiter:

> *„Vom Schüler bis zum alten Mann schafft alles. Trümmer werden aufgeräumt. Material gerettet. Panzersperren waren sehr bald beseitigt. Jungen reinigen am Sonntag sauber die Straßen; Müll wird abgeführt. Evakuierte, Schulkinder und Lehrer bekämpfen den Kartoffelkäfer. Wenn sie nicht antreten wird mit dem Entzug der Lebensmittelkarten gedroht. Die Handwerker werden überlaufen. Den Wäschetrockenplatz und den Sportplatz ließ die Stadt mit einem Traktor umbrechen. Die Schrebergärten sind alle verpachtet und fleißig für Nahrung bepflanzt. Maurer bessern die Granattreffer aus. Ende Mai wachsen die Ziegelmauern des 'Ochsen' und der Buchdruckerei Lang. Die Schaufenster sind aus Holz ersetzt mit einem Glasaug. Die Glaser haben furchtbar viel Geschäft. Schlosser und Flaschner bauen. Metzgermeister Mursch von der 'Krone' ist zurück und hat seine Schlachterei und Laden eröffnet. Die Werkstätte für Landmaschinen macht jetzt Reparaturen. Der Bauer hat bei der frühen Heuernte riesig zu schaffen. Die Militärregierung gibt Bestimmungen über*

das Grüßen bei Feiern heraus. Heute grüßt man: Grüß Gott! Guten Tag – nachher auf Wiedersehen und gibt sich die Hand. Fräulein Greiner, Studienrat, gibt den Amerikanern morgens Unterricht in Deutsch. Im Juli eröffnet Fräulein Böklen ihre Pension am Riesberg, es gibt tatsächlich Kurgäste.

Von der Entnazifizierung werden in Murrhardt im Geschäftsleben 84 Personen betroffen. Herr Bürgermeister Krißler hat persönlich dann gleich in Backnang erreicht, daß die lebenswichtigen Betriebe im Fluß bleiben. (Metzger, Bäcker, Gaststätten, Schuhmacher, Zahnärzte)"

Mit einigen Schäden überstand Murrhardt den Krieg. Die schlimmsten Verwüstungen hatten die Nazis angerichtet. Sie sprengten die beiden Murr-Brücken und die Eisenbahnbrücke. Sie zerstörten die Lebensadern Murrhardts. Durch Beschuss der Amerikaner brannte der Graben mit den Möbelwerkstätten, dem „Ochsen", der Druckerei Lang. Ein Teil der Lederfabrik Schweizer, die Schlosserei Wieland und noch vier Häuser brannten ab. Einige Häuser wurden beschädigt, ein Kirchturm wurde von einem Geschoss getroffen. So konnten sich die Murrhardter an die Arbeit machen. Ihren Besitz hatten sie nicht verloren.

Kindheit

Volksschule, 3. Klasse (1949), (vordere Reihe 3. v. r.: Götz Schmidt)

Kindheit

Die deutsche Mutter und ihr erstes Kind

Mit leisem Zweifel in der Stimme erzählte mir meine Mutter, dass ich als Baby nach folgender Regel gefüttert wurde: Tagsüber kam ich alle vier Stunden an die Brust. Wenn ich in der Zwischenzeit schrie, wurde ich ins Badezimmer gestellt, damit mein Schreien nicht so laut zu hören war. Nachts musste ich acht Stunden aushalten, oder ich kam ins Badezimmer. Das Kind soll nicht verwöhnt werden und das Schreien gibt eine kräftige Stimme. Mein Vater bestand auf der Einhaltung solcher Regeln.

Fast wörtlich finden sich diese Regeln im damals gültigen Erziehungsbuch von Frau Dr. Johanna Haarer: „Die deutsche Mutter und ihr erstes Kind". Von 1934 bis 1941 waren von diesem Werk 440.000 Exemplare erschienen.

Nach der Reinlichkeit ist die Ruhe der zweitwichtigste Pflegegrundsatz:

> *„Das Kind wird gefüttert, gebadet und trockengelegt, im übrigen aber vollkommen in Ruhe gelassen ... die ganze Familie mache sich zum Grundsatz, sich nie ohne Anlass mit dem Kind abzugeben. Das tägliche Bad, das regelmäßige Wickeln und Stillen des Kindes bieten Gelegenheit genug, sich mit ihm zu befassen, ihm Zärtlichkeit und Liebe zu erweisen und mit ihm zu reden."*

„Das Kind wird nach Möglichkeit an einen stillen Ort abgeschoben, wo es allein bleibt, und erst zur nächsten Mahlzeit wieder vorgenommen."

> *„Auch das schreiende und widerstrebende Kind muss tun, was die Mutter für nötig hält, und wird, falls es sich weiterhin ungezogen aufführt, gewissermaßen 'kaltgestellt', in einen Raum verbracht, wo es allein sein kann und solange nicht beachtet wird, bis es sein Verhalten ändert".* (Haarer, S. 168, 171, 173f., 271)

Meine Großmutter war gegen solche Regeln. Sie drohte, dass wir sie nicht mehr im Gut Niwki besuchen dürften. Sie könne das ewige Schreien nicht mehr ertragen. Frau Dr. Haarer kannte diese Großmütter:

> *"So viel Strenge und Beharrlichkeit ist natürlich nicht jedermanns Sache, und besonders den Großmüttern völlig unverständlich".* (174)

Sie rät der deutschen Mutter hart zu bleiben, auch wenn die Großmutter und die Nachbarn ihr vorwerfen, dass sie kein Herz für Kinder habe.

Bei meiner 1943 geborenen Schwester hat meine Mutter diese Regeln nicht mehr konsequent befolgt. Vielleicht wegen unserer Großmutter, aber vielleicht auch, weil mein Vater selten zu Hause war und im Krieg im April 1944 „fiel".

Kindergarten, im Holzverschlag unter der Treppe.

Der Kindergarten in Murrhardt lag in einer kleinen Gasse in einem düsteren Fachwerkhaus. Gleich links neben der Eingangstür, unter der Treppe, befand sich ein aus Holz gezimmerter fensterloser Verschlag. Hier wurde ich eingesperrt, wenn ich frech war. Niemand hörte es, wenn ich im Dunkeln tobte. Alles andere aus meiner Kindergartenzeit habe ich vergessen. Nur das weiß ich noch: Die Kindergärtnerin hieß Tante Sofie.

Kantschuk oder die Kautschuk-Peitsche

Kinder schlagen war ganz normal. Wer tat es nicht? Ich muss mich schon anstrengen um mich daran zu erinnern. Aus dem Tagebuch meiner Mutter erfuhr ich zu meinem Erstaunen, dass mich mein Vater nicht schlug. Als sie das aufschrieb, war sie selbst verwundert und vermerkte erleichtert, dass ich trotzdem einen „Heidenrespekt" vor ihm hatte.

Kindheit

Meine Mutter trocknet ihre Haare in der Sonne, 1938.

Mit der Zeit wurde ich unempfindlich gegen Schläge. Die Abwehrhaltung, aus der sich schnell Arme und Ellbogen hochreißen ließen, wurde zu meiner Gewohnheit, wenn ich Schläge roch. Ich freute mich teuflisch, wenn den Schläger die Knochen meiner Ellbogen mehr schmerzten, als mich seine Schläge. Wenn meine Mutter die „Kautschuk-Peitsche" [1] vom Nagel nahm, legte ich mich gleichmütig über den Stuhl. Ich wusste, dass meine Lederhose Falten schlug und meine Mutter genauso unter den Schlägen litt.

---

1 Eigentlich Kantschuk [türk./russ.] = geflochtene Riemenpeitsche

Sadisten, Fromme und Tobende

In der Schule bis zur mittleren Reife schlugen die meisten Lehrer. Sie ließen sich in zwei Gruppen einteilen. Die einen exekutierten Schläge mit sadistischer Grausamkeit, die anderen in rasender Wut. Der Direktor des Progymnasiums lauerte hinter der Tür und drosch mit rotem Kopf, völlig unkontrolliert mit dem Lineal (dem Meterlineal aus Holz mit rot-schwarzer Dezimaleinteilung) auf die ein, die zu spät aus der Pause kamen. Seine Fischaugen begannen zu leben, wenn er tobte. Gegen diese Sorte von Schlägern war die Abwehr einfach.

Schlimm waren die Sadisten. Bei ihnen gab es kein Entrinnen. Einer, dessen Namen ich vergessen habe, muss ein Teufel gewesen sein. Wir kamen zu spät aus der Pause zurück. Im neu gefallenen Schnee hatten wir eine Schneeballschlacht gemacht und die Pausenglocke nicht gehört. Er ließ uns in einer Reihe antreten und unsere halb erfrorenen Hände vorstrecken. Darauf schlug er mit dem Stock. Wer die Hand zurückzog bekam zwei Schläge. Der Schmerz war furchtbar. Schrecklich zu wissen, dass man der nächste ist in der Reihe, der die Hand vorstrecken muss.

Den Namen eines anderen habe ich nicht vergessen. Von ihm habe ich gleich am Anfang erzählt. Er hieß Präzeptor Scheytt und war unser Religions- und Lateinlehrer und Leiter des Kindergottesdienstes. Wir nannten ihn „Hasenmetzger" für seine Schläge ins Genick.

Spucke auf Opa Davids Zeigefinger

Mein Opa David kam erst Ende 1945 zu uns nach Murrhardt. Bei der Flucht aus Polen hatte es ihn zuerst nach Mecklenburg verschlagen. Im Haus des Eisenwarenhändlers bekam er eine Dachkammer. Ich erinnere ihn, wie er, bekleidet mit einem schwarzen Anzug und Weste, am Tisch im Wohnzimmer saß und Zahlen in ein schwarzes Notizbuch schrieb. Dazu spuckte er auf seinen Zeigefinger und steckte einen Bleistift in den Spucketropfen. Die Spucke färbte sich lila. Mit dem nassen Stift, einem Kopierstift, schrieb er lila Zahlen in langen Kolonnen in das Notizbuch. Ich ekelte mich vor der sich blau färbenden Spucke auf seinem dünnen Finger. Be-

Kindheit

sonders entsetzte mich die Fingerspitze. Auch sie wurde lila.
Eines Tages zeigte ich ihm stolz meine Schiefertafel. Ich war noch nicht in der Volksschule, konnte aber schon die Buchstaben schreiben. Ich schrieb sie ordentlich in Spalten untereinander. Doch statt ABC schrieb ich A BE CE DE E EF GE HA, so wie man es hört, immer die Vokale dazu. Da schlug er mich so kräftig auf die Backe, dass ich vom Stuhl fiel. Dann spuckte er auf seinen Zeigefinger und löschte die Vokale aus.
Ich weiß nicht mehr, in welche Gefühle mich das stürzte. Mir blieb nur die Erinnerung, dass ich nichts Böses getan hatte. Meine blinde Wut auszudrücken, sie nur zu erinnern, wäre bei dem Patriarchen unserer Familie undenkbar gewesen. So bestrafte ich ihn damit, dass ich ihn zu vergessen versuchte. Das gelang mir nicht immer.. Doch seinen Tod und die Beerdigung habe ich vergessen. Alles was ich davon weiß, las ich später auf seinem Grabstein. Er starb 1950, ich war 9 Jahre alt.

Schlittenfahren im Sommer mit meinem Schmiedt-Ehne

Opa Christian, oder auch Schmiedt-Ehne genannt, war mein Opa väterlicherseits. Ihn hatte es in der Flucht nach Güstrow in Mecklenburg verschlagen. Er wohnte im Gesindehaus eines großen Gutshofes in einer Kammer. Er arbeitete als Knecht.
Wir besuchten ihn und ich blieb bei ihm einige Wochen auf dem Gutshof. Es war ein heißer Sommer, die Heuernte lag in riesigen Haufen unter offenen Dächern und in den Scheunen. Jetzt hatte er etwas Zeit und ich durfte mitfahren, als er die Pferde vor einen Schlitten spannte und durch die Felder fuhr. Den Schlitten, groß wie eine Kutsche, zogen die Pferde ohne Mühe über die sandigen Feldwege.
Noch ein anderes Wunder geschah auf diesem Gutshof. Ich fand eine große hölzerne Heugabel. Sie bestand aus einem Ast, der sich verzweigte. Wie bei einer Heugabel waren dem Ast drei Zinken gewachsen, so als hätte die Natur gewusst, was wir Menschen brauchen. Diese Heugabel war leicht und packte einen großen Haufen Heu. Durch den langen Gebrauch war das Holz hell und glatt geworden und lief wunderbar durch die Hand. Ich zerbrach die Heu-

gabel. Vor Schreck versteckte ich die zerbrochenen Teile unter dem Heu und machte mich davon. Der Schmiedt-Ehne entdeckte die Heugabel, als er die Tiere fütterte. Er holte mich herbei, zeigte mir die zerbrochene Heugabel. Ich ging in Abwehrstellung. Doch er schlug mich nicht, er ermahnte mich freundlich und lächelte milde mit den Augen über seiner gewaltigen Nase.

Sensibelchen

Ich saß auf einer der letzten Bänke im alten Schulhaus „Im Graben". Über enge und steile Treppen gelangte man in mein Klassenzimmer. Ich konnte aus dem Fenster des viele Stockwerke hohen Fachwerkhauses in die Tiefe blicken, mir schwindelte. Hier weinte ich zum letzten Mal öffentlich in meiner Kindheit. Ich weinte bitterlich, ohne jede Scham. Die Lehrerin hatte uns gesagt, dass wir ab jetzt im Jahr 90 Mark Schulgeld zahlen müssten. Das stürzte mich in einen ausweglosen Strudel. Für mich war das eine ungeheure Menge Geld. Wie sollten wir armen Leute das bezahlen?
Ich weinte nicht aus Zorn über ein Unrecht. Ich weinte darüber, dass mir das Los der Armut verkündet wurde. Es war wie der Spruch des Schicksals, an dem ich selbst schuld war. Weil ich in die Schule ging, musste meine Mutter so viel Geld aufbringen. Ich traute mich kaum nach Hause, ich wusste nicht, wie ich diese Unglücksbotschaft überbringen sollte.

Da ich kein Taschengeld bekam, bildete sich für mich der Wert des Geldes zufällig. Aus meinem im Wohnzimmer stehenden Sparschwein hatte ich mit einem Messer 50 Pfg. herausgehebelt. Das war zwar mein Geld, doch es sollte im Sparschwein gesammelt und dann auf die Bank getragen werden. Die 50 Pfg. reichten, um damit in den Zirkus Sarasani zu gehen und auch noch die Tierschau mit Tigern und Elefanten zu sehen. Der Elefant hob mit seinem Rüssel einen Baumstamm auf. Mit dem Rüssel saugte er sogar Wasser aus einem Fass und blies eine gewaltige Fontäne in die Luft. Ich war begeistert. Schon am Tag nach dem Zirkus begann mein Gewissen zu schlagen. Ich sehe die silbrige Münze noch heute vor mir. Auf die Münze geprägt war eine Frau im eng anliegen-

Kindheit

den Kleid, die einen Baum pflanzt. Seither wusste ich, was 50 Pfg. wert sind.

An Vaters Stelle

Ich habe keine Erinnerungen an meinen Vater. Er starb, als ich drei Jahre alt war. Meine Vorstellungen über ihn bildete ich mir aus Erzählungen und Fotos.

In den Erzählungen fiel immer dasselbe Wort: Er war ein „Idealist". Bei einer Geburtstagsfeier meiner Mutter im Haus der Bessarabiendeutschen in Stuttgart setzte sich ein älterer Herr an meine Seite. Es war C.F., in meiner Familie wohlbekannt. Gaujugendführer in Bessarabien, wie ich später erfuhr. Ich spürte sofort die Absicht. Er wollte mir etwas Bedeutendes mitteilen. Mit leicht tränenden Augen blickte er mich an: „Ich sag jetzt Du zu Dir, lieber Götz. Dein Vater, ich kannte ihn gut, er war ein Idealist". Das wollte ich nicht hören, denn ich wusste schon, was ein Idealist ist. Die Geschichte dazu hatte ich von Verwandten und meiner Mutter gehört. Mein Vater wollte in die SS, doch er war um zwei Zentimeter zu klein. Um dennoch in den Orden aufgenommen zu werden, musste er sich „an der Front bewähren". Beim Sturm auf einen Hügel traf ihn eine Kugel in den Kopf. Meine Mutter bekam einen Brief von Hitler. Zum Tode meines Vaters hieß es darin: „Ein Blatt fiel vom Baum des Volkes."

Mein Vater muss ein besonderer Mann gewesen sein, denn meine Mutter nahm keinen anderen Mann mehr, trotz einiger stattlicher Bewerber.

Erst aus dem Tagebuch meiner Mutter erfuhr ich etwas über mein enges Verhältnis zu ihm. Ich fragte ständig nach ihm. Wenn er einmal zu Hause war (er arbeitete im „Ansiedlungsstab" in Posen), wenn er in Fronturlaub war, dann kümmerte er sich rührend um mich. Ich war stolz auf meinen Vater, denn er war Soldat. Das verkündete ich im ganzen Haus. Ich bedauerte nur, so schreibt meine Mutter, dass er kein Gewehr bei sich hatte. Die Gasmaske war mir zu unheimlich.

Nach dem Tod meines Vaters berichtet meine Mutter wörtlich von meinen Kinderweisheiten:

„Als später die Nachricht von unseres lieben Vaters Heldentod kam, da kam Götz oft zu mir und tröstete mich. „Nicht weinen, unser Vati ist doch nicht tot!"
Oder:
„Mutti nicht traurig sein, wenn ich groß bin, dann nehm ich ein Gewehr und schieß die bösen Bolewicken (Bolschewicken) tot, warum haben sie unser Vatilein totgeschossen".

Die Geschichte, dass ich meinen Vater rächen werde, die Bolschewicken tot schießen muss, sie begleitete mich viele Jahre. Ich hörte sie von meiner Mutter und den Verwandten. „Dann nehme ich ein Gewehr", dieser Kinderbeschluss wurde zu meinem langjährigen Berufsziel.

Siebenknie, Glück

Die Milch holten meine Mutter und ich in Milchkannen von einem Bauern in Siebenknie, einem Dorf auf dem Berg. Mein Onkel war dort Knecht. Der Weg war lang auf den Berg, ich freute mich auf die Wärme im Kuhstall. Auf dem Heimweg war es im Wald schon dunkel. Wir gingen den steil abfallenden Fußweg, der die vielen Kurven der Straße abkürzte. Meine Mutter und ich sangen, oder sie erzählte mir mit lauter Stimme Geschichten, um meine Angst zu vertreiben. Ich stürzte nie und verschüttete die Milch nicht. Selten spürte ich eine solche Zuwendung meiner Mutter. Sie sorgte sich um meine Gefühle. Sonst erlebte ich sie nur, wie sie sich um das Praktische, Überlebensnotwendige kümmerte. Im dunklen Wald gehörten wir uns beiden und ich fühlte mich geborgen.

Kindergesellschaft

Bis zu meinem zwölften Lebensjahr lebten wir nicht in einer eigenen Wohnung, so lange dauerte die Einquartierung in die zwei Zimmer des Eisenwarenhändlers. Ich lebte auf der Straße, am Bach, dem Stauwehr in der Murr, später im Freibad, in der Landschaft, im Wald. Ich zog umher mit den Jungen aus der Nachbarschaft. Mädchen waren aus dieser Gesellschaft ausgeschlossen, auch meine Schwester. Abends wurde ich zum Essen gerufen, wie die Hühner.

Zur Erinnerung an meine Schulzeit 1950-51

Die Hausaufgaben wurden dann kontrolliert, alles andere vom Tag blieb mein Geheimnis. Ich lebte in einer Kindergesellschaft. Erwachsene mischten sich nicht ein. „Seid vorsichtig" oder „Zieh dich warm an", „erkälte dich nicht" usw. Mit solchen Ermahnungen bedachte mich meine Mutter, wenn ich nach draußen ging. Was wir dort taten, davon wusste meine Mutter nichts. Sie hörte erst etwas davon, wenn die Nachbarn sich beschwerten oder die Polizei auftrat.

„Die werden sich schon etwas gedacht haben."

Ich erinnere mich an riesige Männer, die mit dem Kopf bis an die

Kindheit

Decke stießen. Sie standen plötzlich in unserem Zimmer. Ich saß am Tisch, ohne Fluchtmöglichkeit. Einer dieser Männer, der Gastwirt der Sonne Post, kommt in unser Zimmer und schlägt mich ins Gesicht. Ich hatte zusammen mit Spielkameraden die Batterie seines 3-rädrigen Klein-LKWs leergefahren. Wir mussten dazu nur einen Nagel in das Zündschloss stecken und konnten, ohne den Motor zu starten, einige Runden drehen. Bis die Batterie leer war.
Ich erinnere nicht, dass der Gastwirt bei meinen Spielkameraden eingedrungen war und sie schlug. Auch sie waren bei der Untat dabei. Doch sie waren die Kinder von Kaufleuten, vom Metzger, Zahnarzt und Apotheker. Die hatten Schutz in der Wohnung. Meine Mutter konnte unser Familienleben nicht verteidigen. Unsere Wohnung war unsicher. Hier war ich der strafenden Öffentlichkeit der Honoratioren besonders ausgesetzt.
Der Eisenwarenhändler war ebenso ungeheuer groß wie der Sonne-Post Wirt. Auch er stand plötzlich in unserem Zimmer. Ich hatte seinen Stolz, eine neu errichtete Vitrine demoliert. Ein Prunkstück. Auf Glasböden stand Porzellan. Durch Klopfen auf die Unterseite der Vitrine brachte ich die innere Konstruktion samt Porzellan zum Einsturz. Ich stritt alles ab. Er schlug mich nicht, das erledigte dann meine Mutter. Abstreiten, nichts zugeben wurde zu meiner Gewohnheit. Wenn mich die Lehrer schlugen, dann glaubte meine Muttermir nicht, auch wenn ich unschuldig war. „Die werden sich schon etwas gedacht haben. Die werden schon ihre Gründe haben. Das wird schon stimmen, was die sagen" - das musste ich von meiner Mutter bei jeder Anschuldigung hören. Zuhause wurde vollstreckt, was „Die", die Murrhardter, für richtig hielten. Nie hörte ich: Ganz egal, was die anderen denken, wir Bessaraber machen das so.

Die Polizei in der Küche

Ganz anders ging eine Untat aus, bei der die Polizei auftrat. Wir hatten einen großen Hackklotz auf die zentrale Straßenkreuzung gewälzt. Ein Polizist sah das, wir rannten weg und er verfolgte uns. Wir flüchteten in die Küche der Mutter des Eisenwarenhändlers. Der Polizist kam in die Küche, wir saßen ängstlich auf der Eckbank und erwarteten, dass er uns mit dem Knüppel zusammen schlägt. Doch der Polizist belehrte uns, was alles hätte passieren können, wenn ein Auto auf den Hackklotz fährt. Dann mussten wir den Hackklotz von der Straße wälzen und zurückbringen. Wir mussten versprechen, so etwas nie wieder zu tun. Wir versprachen es und haben es tatsächlich nie wieder getan.

Der Polizist stieß nicht mit dem Kopf an die Decke. In meiner Erinnerung ist er ein normaler Mensch, nur etwas größer als wir. Dieser Polizist wurde nachts von einer Gruppe Jugendlicher in den Feuerwehrteich geworfen. Ich war erstaunt über diese unerhörte Tat. Ich musste lachen bei der Vorstellung, wie der Polizist in Uniform im See strampelte. Doch über dieses Bild in meiner Erinnerung schob sich ein anderes. Der Polizist steht in Uniform in der Küche, redet mit mir und schlägt mich nicht. Obwohl ich wie gelähmt auf der Eckbank sitze und nicht davon rennen kann.

Gustävle

Wenn das der Beginn meines Rechtsempfindens gewesen sein soll, dann regte es sich noch sehr im Verborgenen. Denn immer, wenn in der Grundschule der Klassenkamerad „Gustävle" von uns geschlagen wurde, dann war ich dabei. Gustävle war ein kleiner, weicher Junge. Nach Schulende fielen wir über ihn her, warfen seinen Ranzen über den Zaun, hänselten ihn, stießen ihn zu Boden. Jeder hatte etwas zu tun, zog an den Haaren oder Ohren, verdrehte ihm Arme oder Beine. Wenn ich ihm auf der Brust saß, mit den Knien seine Oberarme auf den Boden presste („Muskelreiten" nannte sich das), fiel mir die Weichheit und Wärme seiner Haut und seiner Muskeln auf. Er schrie nicht, wehrte sich kaum. Wir schrieen und quälten einen Lautlosen.

Obwohl bekannt war, was wir Gustävle antaten, schritt kein Erwachsener, kein Lehrer ein. Die Eltern regten sich nicht. Irgendwann ließen wir ab von Gustävle, vielleicht, weil wir ein anderes Opfer hatten. Gustävle zu quälen galt nie als Heldentat. Wir taten es, obwohl wir nicht angeben konnten damit. Doch geschämt habe ich mich damals nicht. Ich erinnere nur ein allmählich anwachsen-

des Unbehagen.
Gustävle war irgendwann verschwunden, auf den späteren Klassenbildern existierte er nicht mehr. An keinen meiner Mitschüler habe ich jedoch so eine fast zärtliche Erinnerung.

Der Spion

Er war groß, hatte einen Bauch und hängende Schultern. Die rötlichen Haare waren ihm fast alle vom Kopf gefallen. Wenn wir ihn sahen, zogen wir hinter ihm her und schrien „Spion, Spion". Wir lachten, wenn er uns verscheuchen wollte. Er war unbeholfen und konnte sich nicht wehren. Wir rannten um ihn herum und schrieen „Spione sind in Siebenknie mit einem Hubschrauber gelandet". Von ihm ging das Gerücht, dass er sich gleich auf die Suche macht, wenn man ihm nur sagt, dass wieder Spione gelandet seien. Besonders aufregend fanden wir, dass die Nazis ihn geholt und „kastriert" hätten.

Löschblatt

In der Volksschule, Notbaracke. Durch den Gang getrennt saß neben mir ein süßes kleines Mädchen mit braunen Haaren, Schnittlauchfrisur. Ich hegte angenehme Gefühle, wenn ich sie ansah oder gar nur ihre Anwesenheit von Ferne spürte. Mein Nebensitzer Josef musste das wohl bemerkt haben. Er steckte seinen Schwanz, damals „Spitzle" genannt, durch ein Löschblatt und zeigte das stolz meiner Angebeteten. Meine ganze zarte Liebeswelt brach zusammen.

Kinder kaufen und verkaufen

Mit Lob wurde sparsam umgegangen. Als Erziehungsprinzip für Kinder galt: „Net g´schimpft isch gnug g´lobt" (Nicht geschimpft ist genug gelobt). Doch ganz überschwänglich wurde das Lob plötzlich, wenn es kaufmännisch verklausuliert werden konnte. Beim Besuch eines mit uns befreundeten Flüchtlings-Ehepaars im Klosterhof hörte ich das zum ersten Mal. Sie wollten meine Schwester kaufen. Sie sei so niedlich. So eine hätten sie auch ger-

Kindheit

ne. Sie bedrängten uns und lachten. Sie kamen sich lustig vor mit ihrer Idee und eine aufgeräumte Stimmung verbreitete sich. Ich bekam Angst. Dass ein Kind gekauft und verkauft werden kann, das entsetzte mich so sehr, wie die Vorstellung, bei der Flucht verloren zu gehen.

Mit meiner Schwester

Krankheitsrituale und die Würmer

Meine Mutter schritt zur Tat, wenn ich krank wurde, oder die Würmer wieder überhand nahmen. Unser Hausarzt Dr. Hartmann wurde gerufen. Er blickte mich freundlich an, legte die Hand auf meine Stirn und fühlte das Fieber. Dann öffnete er seine große schwarze Arzttasche und holte das Stethoskop heraus. Um mich nicht zu erschrecken, wärmte er es mit seinen großen und weichen Händen an und hörte meine Lunge ab. Nie verstand ich, warum er auf meiner Brust und dem Rücken herumklopfte. Nun wurde das von mir gefürchtete Urteil verkündet: Im Bett bleiben, bis das Fieber verschwunden ist. Und danach eine Woche in der Wohnung. „Du musst dich gut halten", sprach Dr. Hartmann. Und dieses „Halten" dauerte nie unter zwei Wochen, meistens wurden es drei Wochen, die ich in der Stube tatenlos zubringen musste. Im Bett musste ich unter der Decke bleiben und schwitzen. Lesen durfte ich nicht. Wadenwickel waren das einzige Medikament. Das Fieber wurde dreimal am Tag von meiner Mutter gemessen. Um den alten Thermometerstand zurück zu setzen, schlug sie das Thermometer mit der Hand. Metallisch klang es, wenn das Thermometer dabei an ihren Ehering schlug. Das Thermometer wurde mit Nivea Creme eingesalbt und zum Messen des Fiebers in den Hintern gesteckt.

Dr. Hartmann kam ein zweites Mal, blickte in die Fieberliste, die meine Mutter genau führte. Er hörte mich ab, klopfte wieder auf Brust und Rücken herum und sprach freundlich aufmunternde Worte. In der einen Woche in der Stube nach dem Ende des Fiebers überkam mich regelmäßig eine unerträgliche Langeweile. Der Wunsch gesund zu werden, wurde übermächtig. Ich wollte endlich wieder raus auf die Straße. Kranksein empfand ich als Strafe. Das hatte den Nebeneffekt, dass ich nie kränkelte. Ein oder zwei Tage zu Hause bleiben, weil es mir nicht gut ging, das kam mir nie in den Sinn. Nicht weil ich ein fleißiger Schüler gewesen wäre. Ich hatte nur die Wahl zwischen Gesundsein oder der drei Wochen langen Verbannung in die Stube.

An Tabletten erinnere ich mich nicht, weder bei Angina noch bei Grippe. Auch nicht gegen die häufigen Würmer. Wenn meine Mutter die „Spulwürmer" in meinem Nachttopf oder der Unterhose entdeckte, wurde der „Einlauf" vorbereitet. Ich wusste, was mich erwartete. In einem Liter Wasser wurde Kernseife und Knoblauch aufgekocht, in einen grau emaillierten Blechbehälter gefüllt. Ich musste mich auf den Bauch legen. Über mir an einem Nagel in der Wand hing der Behälter. Über einen roten Gummischlauch mit einer mit Nivea gesalbten Glasspitze floss nun der „Einlauf" in meinen Darm. Das musste ich möglichst lange aushalten, damit der Einlauf weit in mich eindringen konnte. Bis ich es nicht mehr halten konnte und mein Darminhalt mit samt den Würmern in den Topf platzte.

Heimatkunde in der Volksschule

In meiner Volksschule gab es noch das Fach „Heimatkunde". Ende der 40er Jahre hatte die Pädagogik noch nicht die Dummheit begangen und Heimatkunde aus dem nun „Sachkunde" genannten Unterricht verbannt. Heimatkunde wurde mein Lieblingsfach. Denn dabei ging es hinaus aus der Schule, ins Gaswerk, den Bach, den Teich oder die Stadt. Das war das Beste, was mir in der Schule passieren konnte. Bis ins Detail erinnere ich mich an viele Unterrichtsgegenstände.

Das Gaswerk war ein finsterer und stinkender Ort am Stadtrand. Ein gewaltiges, schwarzes Gasometer senkte sich auf und nieder. Bei der Besichtigung wurde es mir unheimlich. Wie ein Wunder war es dann, als wir im Klassenzimmer auf einem Tisch das Gaswerk mit Kolben, Zylindern und Röhren aus Glas nachbauten. Aus den vorne hineingestopften Sägespänen wurde am anderen Ende der Apparatur eine Gasflamme. Im Gaswerk nahm man statt Sägespänen Kohle. Daraus wurde Schlacke. Und die wurde in unserem Siedlungshaus zwischen die Deckenbalken zur Dämmung geschüttet. Aus dem stinkenden Gaswerk kamen lauter nützliche Dinge heraus, die nicht stanken. Auch das Gas unseres Herdes. Und staunend erfuhr ich, dass das Gas nur stank, weil man das so wollte. Um uns zu warnen, wenn die Flamme ausging.

Eine Schulstunde war besonders wunderlich.

Eine Holztafel, die zur Abdunklung des Klassenfensters diente, wurde abgebaut, auf zwei Holzstangen gelegt und festgebunden. Vier Schüler mussten die Tafel durch die Stadt tragen. Auf die Tafel hatte unser Lehrer mit Kreide in verschiedenen Farben den Stadtplan unserer Kleinstadt aufgemalt.

Der rote Kreidekreis, das war der runde Stadtbrunnen, an dem wir uns mit Wasser bespritzten. Der blaue, geschlängelte Strich war der Bach. Wie Zirkuspferde dirigierte der Lehrer die 4 Träger bis die Tafel so ausgerichtet war, dass der Strich auf der Tafel in dieselbe Richtung wies wie der Bach. Der doppelte kurze Strich auf der Tafel, der quer über den Bach ging, das war dann die Brücke, auf der wir standen.

Da ich nach der Schule auf der Straße lebte, kannte ich große Teile der Stadt im Detail, andere nicht, oder nur von Ferne. Meine Kinderwelt bestand aus vertrauten Orten und eben so vielen, die ich meiden musste, weil dort ältere Jugendliche herrschten, böse Männer ihre Hunde laufen ließen, der gefährliche Nachtgrapp hauste, der nachts die Kinder fing. Orte waren Verkörperungen von Personen. Wie groß Orte für mich waren, hing davon ab, wie ich mich in ihnen entfalten konnte. Meine Kinderwelt war unmaßstäblich. Riesig groß die Postgasse, das Bachufer mit seinen Schuppen, der Hofseite der Sonne Post mit ihren ausblutenden Rehen und Wildschweinen, dem Schmied-Zügel und dem Karpfenbecken. Winzig klein die gleich angrenzende „Galaabre".[2] Dort wurde es unheimlich.

Auf der Tafel jedoch war alles gleich. Als wir die Tafel durch die Stadt trugen, lernte ich meine Welt in ein Modell zu übersetzen. Und wunderbar war die Verwandlung, wenn ich das Modell wieder in die Wirklichkeit zurück übersetzte. Die Häuser der Kaufleute, Gastwirte, Handwerker, die Sparkasse und das Rathaus, die Ehrfurcht gebietend um den Marktplatz standen – das waren auf unserer Tafel lauter kleine Rechtecke. Auch das Haus des gewaltigen Wirts der „Sonne-Post", der mich schlug, war ein Rechteck.

Barfuß über Teerstraßen

Als Kind lief ich meistens barfuß. Das war so. Ich empfand es nicht als Mangel. Wenn das Barfußlaufen im Frühjahr wieder losging, dann mussten sich meine Fußsohlen erst daran gewöhnen. Die Hornhaut war über den Winter weich und dünner geworden. Schlimm waren die geteerten Straßen. Zum Glück waren nur die Hauptstraßen geteert. Im Winter waren sie durch den Frost aufgebrochen, die spitzen Steinchen lagen überall herum. Noch schlimmer wurde es, wenn die Teermänner kamen und die Löcher reparierten. Den heißen Teer spritzten sie mit ihren Spritzen in die Löcher. Dabei bewegten sie ihre Spritzen hin und her, so als würden sie mit Sensen das Gras mähen. Mit ihnen habe ich immer gelitten. Ihre Stiefel und Lederschürzen waren voller Teer und schwer, die Hände und das Gesicht mit Teer verspritzt. Auf den noch heißen Teer streuten sie mit Schaufeln Split. Breitwürfig und schön gleichmäßig.

---

2   In der „Galaabre" wohnten die armen Leute. So arm wie sich die Murrhardter die Italiener in Kalabrien vorstellten.

Kindheit

Schlecht für uns barfußlaufenden Kinder. Der übliche Zustand der Straßen im Frühjahr.

Über die reparierten Straßen konnten wir erst laufen, nachdem die Straßenwalze kam und die Steinchen glatt walzte. Die Straßenwalze war eine Sehenswürdigkeit. Wenn sie angerollt kam, dann hörten wir schon von weitem ihr Dröhnen und Quietschen. Wir liefen zusammen und bestaunten das Monster aus Eisen. „KAELBLE" stand darauf in großen Buchstaben. Es knisterte und knackte, wenn auch die größeren Steinchen unter ihr platzten. Der Konducteur kurbelte an einem kleinen Lenkrad mit einem Griff und steuerte über Ketten das vordere breite Rad der Walze. Er kurbelte schnell und streckte dabei seinen Kopf weit und schief aus dem Führerstand heraus. An der vorderen Walze vorbei visierte er nach vorne. Zentimeter genau fuhr er auf und ab.
Auch nach dem Walzen stachen die spitzen Steine der Teerstraßen in die Füße. Es half nichts, wenn wir vorsichtig und steif darüber

schlichen. Dann schmerzte es besonders. Besser war es schnell zu rennen.
Im Sommer wurde der Asphalt auf der Straße weich. Bei großer Hitze wurde er sogar zähflüssig und bildete runzlige Seen. Im Sommer hatte ich deshalb immer Teer an den Füßen. Abends vor dem ins Bettgehen musste ich meine Füße mit Margarine einschmieren. Dann ließen sich die Teerflecken mit einem Lappen ganz leicht abreiben.

Die Kraft der Wörter

Warum kurbelte der Kondukteur der Straßenwalze so schnell und nicht so langsam wie ein Autofahrer? Und warum fuhr er trotzdem so genau? Ich wusste schon Bescheid. Beim Bau einer Seilbahn mit dem Metallbaukasten hatte mir mein Onkel Huber das erklärt. Das war eine „Untersetzung", das Gegenteil von „Übersetzung". Als ich vor der Straßenwalze stand und den Kondukteur bewunderte, da erfüllte es mich mit Stolz, dass ich schon das Geheimnis kannte, nach dem er handelte.
Eine andere Begegnung mit der Kraft der Wörter hatte ich bei den Mühlrädern. Mein Schulkamerad R. hatte von seinem Opa gehört, dass es „unterschlächtige" und „oberschlächtige" Mühlräder gibt. Diese Wörter hatte ich noch nie gehört. Und doch erklärten sie mir, was ich noch nie gesehen hatte. Mühlrad war für mich bisher gleich Mühlrad. Dass bei dem „unterschlächtigen" das Wasser von unten, bei dem „oberschlächtigen" das Wasser von oben das Mühlrad antreibt, das war mir bisher nicht aufgefallen. Obwohl ich bei den Wanderungen mit dem Albverein oft an beiden Arten von Mühlrädern vorbeikam. Nun sah ich den Unterschied, nur weil es diese seltsamen Worte gab.

Noch lange Zeit nach dieser Geschichte fraß der Neid in mir. Warum habe ich nicht auch so einen Opa, der mir solche Wörter beibringt?
Dabei wusste mein Opa David nicht nur zwei Wörter über die Mühlen. Er hatte in Bessarabien selber eine Getreide- und Ölmühle. Nicht so eine Mühle, wie die um Murrhardt herum, mit ihren

morschen Mühlrädern voller Moos. Nicht romantisch, wie aus dem Märchen, sondern eine große moderne Mühle mit Motor und Walzenstühlen aus Stahl. Mein Opa betrieb sie erfolgreich mit dem Juden Abraham Kant als Geschäftspartner. In vielen Familiengeschichten kam die Mühle vor. Nie wurde mir etwas über die Technik der Mühle erzählt. Ich war 9 Jahre alt, als mein Opa David starb. Ein Alter, in dem ich dankbar gewesen bin für technische Details mitsamt ihren wunderlichen Wörtern. Später, bei unserer Bessarabienreise, beim Besuch der noch existierenden Mühle meines Onkels, hörte ich die Wörter: „Walzenstuhl aus Stahl" mit „Bürsten aus England", und „Walzenstuhl mit automatischer Mengenbegrenzung". Damit hätte ich etwas anfangen können.

Ich bin mir allerdings nicht sicher, ob ich meinem Opa David zugehört hätte. Er blieb mir fremd. Doch wichtiger war, dass er mich nicht mehr beeindruckte. Ich sehe ihn, wie er vor der Zeitung saß und die Weltmarktpreise für Weizen sauber in sein Notizbuch schrieb. So als könnte er noch, wie in Bessarabien, mit dem Export seines Weizens Geschäfte machen. Seine Welt galt in Murrhardt nichts mehr. Auch für mich. Ich brauchte nur zwei neue einheimische Wörter hören und schon spielte unser Bessarabien keine Rolle mehr. Und ich wünschte mir einen neuen Opa. So wie die Einheimischen ihn haben.

Feuersee

Wenn es im Winter streng gefroren hatte, fuhren wir Schlittschuhe auf dem Eis des Feuersees. Auf die Skistiefel wurden metallene Knöpfe genagelt und daran die Schlittschuhe festgeschraubt. Der große Schlüssel dazu hing um unseren Hals. Wir spielten Hockey mit krummen Schlägern, die wir aus Ästen selber schnitzten. Ich habe nie erlebt, dass jemand ins Eis einbrach. Obwohl am Ufer das Eis an manchen Stellen sehr dünn und am Zufluss sogar offen war. „Eis betreten verboten", solche Warnschilder gab es nicht.
Mit dem Schlittschuhfahren war es vorbei, wenn das Eis sehr dick geworden war. Dann kam der Hirschwirt mit seinen Leuten und zersägte das Eis in lange Blöcke. Die wurden zum Kühlen der Ge-

tränke in den Eiskeller unter der Wirtschaft geschafft.
Im Herbst erging es dem See noch schlimmer. Dann ließ Bofinger, der Sonne-Post Wirt, den See ab. Im weniger werdenden Wasser wimmelten und wanden sich die Fische, sprangen in die Luft. Jetzt war es keine Kunst sie mit Netzen zu fangen.

Anita. Amrum 1

Vom Landkreis wurden meine Schwester und ich in die Kinderferien nach Amrum „verschickt". Ich war 13 Jahre alt und zu mager. Wir sollten zunehmen. In Amrum blühte ich auf, in jeder Hinsicht. Im Ringkampf war ich der Kräftigste, allerdings nur, bis die Berliner kamen. Auch sie wurden zum Zunehmen nach Amrum verschickt. Unter ihnen war ein älterer, einen Kopf größerer Junge. Mit nur einem Arm zwang er mich zu Boden. Beim Völkerballspielen stellte ich mich ganz geschickt an und war begehrt beim Auswahlverfahren.

Vor allem meine Annäherungsversuche an Anita waren erfolgreich. Da wir Jungs uns nie getraut hätten, unsere Zuneigung offen zu zeigen, entwickelten wir ein raffiniertes Verfahren. Wir schenkten der Auserwählten unseren Nachtisch. Wir opferten das Wertvollste unseres Mittagsessen. Vor dem Essen schlichen wir in den Speisesaal und stellten unseren Pudding auf ihren Teller. Jetzt standen zwei Puddings vor ihr. Die Mädchen tuschelten und blickten verstohlen zu den Jungs, um zu sehen, wo der Pudding fehlt. Als Anita mich dann nach einigen Tagen anlächelte, wusste ich, dass ich „Schlag" bei ihr hatte.
Die Mädchentrakte waren streng von unserem getrennt. Dazwischen lag das Zimmer einer unserer „Tanten". Es hieß, dass sie sogar ihre Tür offen stehen lässt, um alles zu hören. Meinem Freund und mir gelang es an ihr vorbei zu schleichen. Ich fand Anitas Bett. Ich wusste nicht, ob sie schlief oder sich verstellte. Sie atmete ruhig. Ich küsste sie vorsichtig auf die Stirn und schlich mich wieder leise zurück. Ich war stolz, dass mir das Anschleichen gelungen war. Doch es war vollkommen anders wie bei unseren Indianerspielen. Keiner von uns gab mit seinem Erfolg an. Jeder behielt für

sich, was er am Bett seiner Angebeteten gemacht hatte. In der Sprache von uns Jungs gab es keine Wörter für das, was ich bei der Berührung von Anitas weicher und warmer Haut empfand.

Meine Lederhose. Amrum 2

Die Fabrik, das war für mich der Gestank des Arbeitsanzuges meines Onkels. Der Geruch der Lederfabrik hing im Haus. Er schüttelt mich noch heute. Die Fabrik war für mich ein dunkler stinkender Ort, in dem Männer mit langen Gummischürzen herumgingen und den Schlamm aus ihren Becken in die Murr abließen.
Aus der Fabrik brachte mein Onkel helles dickes glattes Leder mit. Ich staunte, wie aus Dreck und Gestank etwas Schönes, Glänzendes entstehen konnte. Mein Onkel breitete das Leder auf dem Esstisch aus und ich konnte Hals und Beine des Rindes erkennen.
Aus dem Leder wurden Schuhsohlen geschnitten. Auch mein Schulranzen wurde daraus gemacht. Er wurde eine schwere, steife Kiste. Die Klappe zum Öffnen ließ sich nur schwer bewegen. Er war lange Zeit voller Wasserflecken durch den heraus hängenden Wasserlappen, mit dem wir die Schiefertafel bearbeiteten. Später kamen noch die Tintenflecke hinzu. Irgendwann wurde er dunkelbraun, geschmeidig und nützlich, er eignete sich gut zum Raufen und als Ersatz für einen Schlitten.

Mein Onkel brachte aus der Fabrik auch Spaltleder. Es war dünner als das Leder für die Schuhsohlen. Es war grau und glänzte nicht. Daraus entstand meine Lederhose. Sie war viel zu groß. Steif wie Holz hing sie mir über die Knie und wurde mit Hosenträgern gehalten. Ich sollte „hineinwachsen". Voll Neid blickte ich auf die hirschledernen Kniebundhosen der beiden Söhne des Ochsenwirts. Sie passten wie angegossen, waren leicht und glänzten schwarz. Und doch wurde meine Lederhose eine Erfolgsgeschichte.
Mit ihr hatten die gestrickten kurzen Wollhosen der Firma „Bleyle" ein Ende. Besonders beleidigend für jeden Jungen waren die „Strapsen". Um die langen Strümpfe fest zu halten trugen wir ein „Leibchen" mit Strapsen. An den Strapsen wurden die langen Strümpfe angeknöpft. Wenn die Hosen und Strümpfe zu kurz wur-

den, sah man die Strapsen auf den nackten Oberschenkeln.
Die Lederhose trug ich ohne Strümpfe, meistens barfuß. Auf dem Klassenbild der Volksschule sitze ich mit meiner Lederhose auf dem Boden, neben Gustävle. Meine Füße stecken in nach unten gerollten Socken und genagelten Stiefeln. Die Lederhose trug ich jahrelang, von morgens bis abends, wie üblich ohne Unterhose und fast das ganze Jahr. Sie wurde geschmeidig, glänzend und meine zweite Haut. Wenn ich Schläge mit der Leder-Peitsche bekam, legte ich sie in Falten und überstand die Prozedur stoisch. Die Hose überstand sogar, dass ich mit ihr die steinernen Abflussrinnen am Bahnhof hinunterrutschte.
Der Höhepunkt ihrer Geschichte war in Amrum erreicht. Bei einer Strandwanderung gerieten wir in das FKK Gebiet. Nackte Frauen und Männer standen im Kreis und warfen sich einen roten Gummiring zu. Da hatte ich zum ersten Mal in meinem Leben einen Steifen. Die Lederhose saß schon knapp und ich musste meinem Schwanz Platz verschaffen. Mit der Hand in der Tasche richtete ich ihn neu aus.

Zweierlei Geschenke

Für die Lederhose habe ich mich nie bedankt. Diese grässliche Holzkiste war gar kein richtiges Geschenk. Sie war fast so etwas wie die Aussteuer, die meine Schwester im Schrank und in Schubladen für eine unbegreifliche Zukunft ansammeln musste.
Die Schönheit der Lederhose kam erst durch meinen jahrelangen Gebrauch zustande. In die Lederhose wuchs ich tatsächlich hinein. Sie war mein Werk, meine zweite Haut. Sie wurde zu einem der wenigen wertvollen Dinge, die ich hatte.
Anders war es bei einer Gebirgsbahn aus Blech. Ich war begeistert und bedankte mich überschwänglich. Schon am zweiten Weihnachtsfeiertag war das Blech verbogen. Die Lok klemmte, nach einer Woche war die Feder der Lok zersprungen und ich hatte ein schlechtes Gewissen.

Familienfotos

Familienfotos

Goldene Hochzeit meiner Ureltern (1924), Opa David: 3.Reihe, 2. v.l.. Meine Mutter:1. Reihe, 4.v.l. und ein Teil meiner Tanten und Onkel.

Familienfotos

Kinder, frei, ohne Fotos

Mir ist unerklärlich, wie meine Mutter die drei Fotoalben über die Flucht retten konnte. Sie sind einer der größten Schätze unserer Familie. Für uns waren sie ein Beweis dafür, dass wir Flüchtlinge eine Vergangenheit hatten. Bei jeder Gelegenheit wurden die Alben hervorgeholt, durchgeblättert und die Fotos besprochen. Unter den Fotos stand das Datum, der Ort, die Namen, manchmal ein Kommentar. Meine am meisten betrachteten Kinderbücher waren diese Fotoalben.

Ein Foto wurde früher bei uns nur bei den großen Ereignissen gemacht: die Hochzeiten der Großeltern, die Goldene Hochzeit, die Hochzeit meiner Eltern, Passfotos, mein Vater als Soldat, ich als Baby auf dem Schaffell, ich auf dem Arm der Großmutter vor dem Weihnachtsbaum. Bei den alten Hochzeitsbildern war die Verwandtschaft in gestaffelter Reihe aufgebaut. Sitzend die Alten und das Brautpaar, dahinter steht die mittlere Generation der Erwachsenen und auf der Bank stehen die Jugendlichen. Ganz vorne die Kinder. Mit diesen Fotos demonstrierte man die Größe der Familie. Zu spüren ist der Fotograf, der die ganze Zeremonie dirigiert.

Das änderte sich mit der Leica-Kleinbildcamera, die mein Vater in Polen erworben hatte. Mit ihr waren private Schnappschüsse möglich. Ich klettere am Zaun zum Briefkasten hoch und werfe einen Brief an meinen Vater an der Front ein. Ich schreie, weil mein Schlitten im tiefen Schnee umgestürzt ist. Ich habe eine Schildkröte gefunden. Mit meiner Cousine Edda sitze ich nackt auf der Schaukel. Mit meiner Tante Lizze marschiere ich in Polen in die

Familienfotos

Ferne, zwei Meter neben ihr, die Hände auf dem Rücken gefaltet. Das Foto und meine Zuneigung zu ihr sind eine unlösliche Verbindung eingegangen.
Keine Fotos gibt es von den Katastrophen, der Flucht, dem Kriegsende in Berlin. Meine Mutter war mit unserem Überleben beschäftigt. Wie durch ein Wunder überlebte auch die Leica die Flucht. Neben einer Bernsteinkette war sie unser einziger Wertgegenstand. Obwohl die Leica genau dafür gemacht war, gibt es nicht ein Bild von den Orten meiner Kindheit in Murrhardt: der Postgasse, dem Bach, dem Wald. Wir Kinder wurden fotografiert beim sonntäglichen Kaffee und Kuchen, oder wenn wir bei Geburtstagen der Verwandtschaft in Sonntagskleidung präsentiert werden sollten.
Der Alltag unserer Kinderwelt in der Nachkriegszeit kommt in den Familienalben nicht vor. So als hätte es all dies nicht gegeben: Amis, Holzvergaser, Uhrenladen, der Idiot, Hühner auf der Straße, die Obstwiesen, die blutenden Rehe, Sablonse, Siebenknie, der Cadillac, oder ein Kuhgespann.
Es ist heute unvorstellbar: Niemand mischte sich in unser Kinderleben mit dem Fotoapparat ein. Niemand schlich um uns herum und knipste demonstrativ unauffällig jede Lebensregung. Die Erinnerungen an meine Kindheit in Murrhardt gehören mir ganz allein. Manchmal bedaure ich das, weil ich mein schwaches Gedächtnis kenne. Doch zu unserer Kinderfreiheit gehörte, dass es davon keine Fotos gibt.

Schmidt-Ehne, Schmidt-Ahne.

Es gibt nur wenige Fotos von den Eltern meines Vaters. Damals hießen wir noch Schmiedt, bis ein Beamter das „e" auf einer Urkunde einfach wegließ. Ein Foto liebte ich besonders. Opa Christian und Oma Maria, (Schmidt-Ehne und Schmidt-Ahne genannt) sitzen nebeneinander. Er hat eine gewaltige Nase und lächelt gütig. Sie sitzt neben ihm, eine freundliche, feine Frau, ihm halb zugewandt.
Opa Christian war in Bessarabien Stellmacher und Bauer, er baute in Teplitz die berühmten „klingelnden" Wagen. Auf dem Foto sitzt er da und fühlt sich sichtlich unbequem in seinem Sonntagsstaat.

Familienfotos

Die gewaltigen Hände legt er vorsichtig, wie Schaufeln, wie Werkzeuge auf dem Knie ab.

Dieses Foto habe ich als Kind oft betrachtet. Ich staunte über die Nase und wusste nun, woher meine Vettern Heinz und Klaus ihre „Zinken" hatten. Gefreut hat mich, wie ungelenk mein Opa in seinem Sonntagsanzug da saß. Genauso wie ich muss er sich gefühlt haben, wenn ein Foto von mir mit dem neuen Anzug vom Kaufhaus Breuninger gemacht werden sollte. Die riesigen Hände waren mindestens zehnmal so groß wie meine. Sie waren voller Schwielen und Risse. Geschlagen hat er mich damit nie. Sein gütiges Lächeln sah ich noch an seinem Totenbett, als sein Gesicht schon so eingefallen war, dass es fast unter der gewaltigen Nase verschwand.

Als ich auf einem Gemälde von Domenico Ghirlandajo (Alter Mann mit Enkel) den Mann mit der großer Nase sah, wusste ich, dass ich den Mann schon gesehen habe. Es war mein Opa Christian.

Flüchtlinge

Flüchtlinge

Bessaraber auf der Flucht aus Polen, 1945

Flüchtlinge

Millionär

Als Kind war mir klar, dass wir in Bessarabien Millionäre waren. Mein Opa David war ein großer Bauer. Er hatte 30 Pferde. Diese Zahl hörte ich staunend, wenn die Verwandtschaft am Sonntag zu Kaffee und Kuchen zusammenkam. Er bewirtschaftete mit neun Mägden und Knechten und 25 Saisonarbeitern 410 Hektar besten Bodens (Schwarzerde, Tschernosjom), einen Weinberg und eine Getreidemühle. Er züchtete Karakulschafe („Persianer"), hatte Traktoren und als PKW ein Ford T-Modell usw. „Mein Opa war ein Millionär!" Das erklärte ich nur einmal stolz meinen Spielkameraden. Denn dieser Versuch ging in kindlicher Aufschneiderei unter. Einer von ihnen hatte plötzlich einen Opa mit einem Wolkenkratzer, ein anderer sogar einen mit einem Düsenjäger. So lernte ich als Kind, dass es besser ist, über Bessarabien zu schweigen.

Opa Davids Zettel

Bessarabien ging nie in meine geografische Kinderwelt ein, wurde nie Sehnsuchtslandschaft, wie das Afrika in Karl Mays Sklavenkarawane, der Ozean, Südamerika. Es blieb ein Wort, das in den Erinnerungen meiner Verwandten vorkam, mit den immer gleichen Geschichten aus einer reichen, farbigen Vergangenheit. Die Gegenwart war armselig.

Einen Notizzettel meines Opa Davids (dem Vater meiner Mutter) entdeckte ich in den Akten zum Lastenausgleich. Da mein Opa David auch mit Papier sparsam war, benutzte er die Rückseite eines Schreibens der Umsiedlungsbehörde in Polen. Darauf notierte er die verschiedensten Dinge neben- und übereinander.

Flüchtlinge

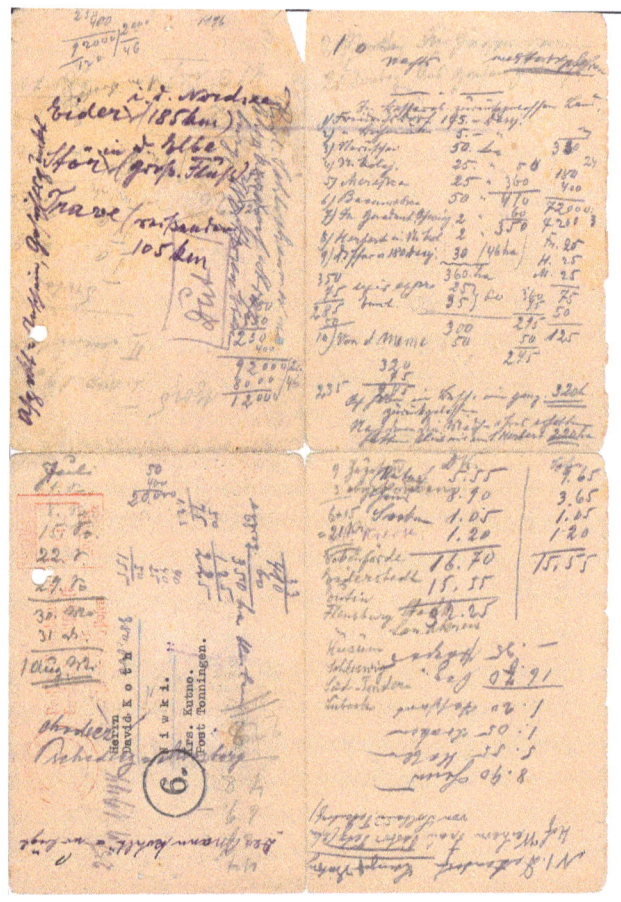

Verlorener Reichtum, armselige Gegenwart.
Opa David notiert 1946 auf einem Zettel unseren Landbesitz in
Bessarabien, Flüsse in Deutschland, Preise für Unterhosen.

Auf dem oberen, rechten Viertel eine Aufstellung des verlorenen Reichtums, die unter der Familie aufgeteilten 410 Hektar Land. Die einzelnen Flurstücke und ihre Größe (in ha/Dessjatinen) werden aufgelistet und addiert.
Auf der linken Seite oben notiert er über unlesbaren Bleistiftnoti-

zen mit nassem, lila Kopierstift die Namen und die Länge einiger Flüsse Norddeutschlands. Solche Versuche, sich im fremden Deutschland zu orientieren, finden sich auch rechts unten. Hier sind es Städte und Landkreise in Norddeutschland, wohin es ihn nach der Flucht verschlagen hatte.
Darüber geschrieben, die karge Gegenwart: die Ausgaben für Unterhosen DM 5.55, Hemd 8.90, Socken 1.05, usw. für sich selbst (DK) und seinen Sohn Heinrich.

Onkel Heinrichs Zisterne.

Einige Jahre nachdem Onkel Heinrichs Siedlungshaus fertig war, grub er neben der Treppe zum Keller eine Zisterne. Er grub sie mit Hacke und Spaten im Sommer bei großer Hitze. Trotz seines Herzschadens, den er sich im Krieg durch einen elektrischen Schlag von einer Hochspannungsleitung geholt hatte. Es hieß, das Ausgraben der Zisterne hätte ihm den Rest gegeben.

Wasserspülung

Es blieb sparsam bei den Flüchtlingen. Im Schlafzimmer meines Vetters Karl standen in Reih und Glied mit Wasser gefüllte Eimer. Karl trug Wasser aus der Zisterne in den ersten Stock hinauf und spülte damit sein Klo, das längst eine Wasserspülung hatte.

Flüchtlinge

Haus gebaut

(Aus dem Tagebuch meiner Tante Friederike)

1953	Haus W.str. gebaut
1954	Hüttle gebaut
1955	Friederike und Karl von Kasachstan gekommen
1956	9.10. bei Witte angefangen zu arbeiten
1960	Haus W.str. II gebaut
1961	Garten gemacht Wstr. II
1962	Haus W.str. I Fenster gestrichen
1963	2 Garagen gebaut, W.str. II1964 Garage W.str. I
1964	Auto gekauft 24.6.
1965	Führerschein Friederike
1966	Waschmaschine gekauft
1967	Wasserleitung geteilt
1968	April 68 Oelheizung eingebaut, Tank im Keller ge schweißt,
	in Heinrichs Urlaub: Heizkörpernischen gehackt, Rohr durchbrüche, Rohrisolierung
	Linoleum oben und Tapeten von Handwerkern
	Heinrich ab 11. Juni krank
1969	Telefon bekommen, Freibad Oppenweiler, Friederike, W.str. I Außenputz neu gemacht, Tür und Überdach ge macht, Laden gestrichen
	20.August Friederike und A. in die Ostzone gefahren Krankenhaus Friederike + Heinrich
1970	22. Feb. Hochwasser
	6.6. Tod Heinrich

Hälenga g´scheit. (Heimlich klug)

Wir Flüchtlinge sind nichts wert. Das stand für mich fest, seit die rießengroßen Männer in unserer Stube standen und einer davon, der Sonne-Post Wirt, mich ins Gesicht schlug. Als eine Person der Murrhardter Gesellschaft war meine Mutter für mich seither ein Niemand. So und nicht anders wollte ich es lange Zeit sehen.
Noch als Student wunderte ich mich, dass meine Mutter sich über den geplanten Umbau des Sportplatzes erregte. Die Bäume sollten gefällt werden. Dagegen wollte sie sogar einen Leserbrief schreiben. Zu meinem Verdruss fing sie immer wieder damit an. Ich habe zwar nicht gesagt: „Was geht Dich das an?", aber gedacht habe ich es. Ich fand es lächerlich, dass sich meine Mutter um kommunalpolitische Dinge kümmert.
Ich konnte mir nicht vorstellen, dass meine Mutter über unsere Welt der Familie und Verwandtschaft hinaus irgendetwas bewirken könnte. Vielleicht noch im Bessaraber Verein, in dessen Museum in Stuttgart sie regelmäßig mitarbeitete.

Niemals, auch später nicht, als wir eine eigene Wohnung hatten, sah ich Einheimische am Geburtstagstisch meiner Mutter sitzen. Da kam nur die bessarabische Verwandtschaft zusammen. Wir Kinder spielten auf der Straße mit den Kindern der Einheimischen. Doch die Familien von Flüchtlingen und Einheimischen waren für mich verschiedene Welten, sie lebten nebeneinander her.
Dies Bild der Murrhardter Gesellschaft blieb seit meiner Kindheit unverändert. Da es keinen Einheimischen interessierte, woher wir kommen und welche Ausbildung wir Flüchtlinge haben, sprach ich auch nicht darüber. Viele meiner Verwandten waren qualifizierter als so mancher Einheimische. Doch wir ließen es uns gefallen, von jedem einheimischen Stoffel „Russe" genannt zu werden.
Unser Schicksal als Flüchtlinge begrub ich lange Zeit in mir, als meinen geheimen Stolz. Erhaben blickte ich auf die Einheimischen herab, denen es an nichts fehlte. Ich amüsierte mich über die Bildungsbürger, wenn sie mit dem Bus nach Stuttgart in die „Opper" fuhren. Noch komischer fand ich sie, wenn sie sich sogar in Murr-

Flüchtlinge

hardt fein machten, in die Turnhalle zu Goethes Faust gingen, den die Landesbühne aus Esslingen aufführte. Wer sich noch geistiger fühlte, der stieg hinauf zur hoch über Murrhardt liegenden Villa Frank und hörte anthroposophische Vorträge.

In dieser Gesellschaft wollte ich keine Rolle spielen. In die Welt hinein, in der sich die Flüchtlinge klein machen mussten, gab es für mich keinen Weg. Ich wollte das große Rad drehen. Da kamen mir später die Versprechungen der Studentenbewegung in Berlin gerade recht.

Beschämt

Ich war völlig überrascht über das, was ich 1996 bei der Beerdigung meiner Mutter und in der Zeit danach erfuhr. Am Vorabend der Beerdigung kam die Pfarrerin zum Gespräch. Ich wurde schon unruhig, denn sie trank mit uns bis in den Morgen mehrere Flaschen Wein. Immer angeregter sprach sie über ihre Erfahrungen mit meiner Mutter und wollte von uns noch mehr aus ihrem Leben hören. Am Tag darauf war die Kirche überfüllt, die Pfarrerin hielt eine bewegende Rede und die Kondolenzen nahmen kein Ende.
Im Klosterhof, bei Kaffee und Hefezopf, hörte ich viel über langandauernde freundschaftliche Beziehungen meiner Mutter zu einheimischen Familien. Sie war eine geschätzte Volksschul-Lehrerin, eine Bürgerin, die jeder in Murrhardt kannte. Jetzt erst begann ich zu begreifen, dass meine Mutter nicht nur Flüchtling und Kriegswitwe war.

Flüchtlinge

Die Kraft der Erinnerungen

„Heimwehtouristen" bei der Suche nach der Heimat in Bessarabien. (Ukraine 1992.)

Flüchtlinge

„Heimat in der Steppe".

Noch als Student habe ich keinem meiner Freunde erzählt, dass ich ein „Heimatvertriebener" bin. Die Bessaraber waren mir peinlich. Meine Mutter hatte ein Einsehen und zwang mich nicht zum jährlichen Treffen der „Landsmannschaft" auf dem Killesberg in Stuttgart. Für die Geschichte der Bessaraber begann ich mich erst zu interessieren, als der Eiserne Vorhang fiel und ich mit meiner Mutter in ihre Heimat fuhr. Jetzt erinnerte ich mich an die Erzählungen, die ich als Kind hörte.
Meine schwäbischen Vorfahren waren Anfang des 19. Jahrhunderts aus Württemberg nach Bessarabien, in die Steppe am Schwarzen Meer, ausgewandert. In wenigen Generationen wurden sie zu wohlhabenden Bauern.

Die Auswanderer aus Württemberg bekamen in Bessarabien/Russland: 60 ha Land, Schwarzerde. Religionsfreiheit, Befreiung von Kriegsdienst und Steuer, Selbstverwaltung.

Flüchtlinge

1945, fünf Generationen später, kehrten sie als Flüchtlinge in die Heimat ihrer Vorfahren zurück. Doch die Heimat, um die jetzt ihre nicht endenden Erinnerungen kreisten, war die „Heimat in der Steppe": die bis zum Horizont wogenden Getreidefelder, die fruchtbare Schwarzerde, die eigene Pferdezucht, die Weinberge, die sengende Hitze des Sommers, der strenge Winter, das Baden an der Steilküste des Schwarzen Meers, der heilende schwarze Schlamm des Limans.

Als Kind hörte ich exotische Geschichten aus einer untergegangenen Welt. Selbstversorgung in einer Hauswirtschaft, die sogar noch das Salz aus den Salinen des Schwarzen Meers holte und zugleich eine Landwirtschaft betrieb, die über Odessa und später über die Donauhäfen Kilia und Ismail schwunghaft Getreide exportierte.

Erzählungen über Bessarabien

Eigentlich hatten wir Kinder bei Verwandtenbesuchen am Tisch zu schweigen und sollten zuhören. Doch diese Regel galt schon längst nicht mehr. Gutmütig wurde auf die Eigenheiten und Streiche von uns Kindern angespielt, die neue Hose vom Kaufhaus Breuninger aus Stuttgart musste vorgeführt werden. Bestaunt wurden meine Bierdeckelsammlung oder die Bänder und Haarspangen in der neuen Haarfrisur meiner Schwester. Wir mit unseren Vettern und Bäsle waren eine willkommene Abwechslung. So konnten wir Kinder die alten Geschichten aus Bessarabien und dem Krieg besser ertragen. Da gab es die schönen Geschichten, an denen ich mich nicht satt hören konnte und es gab die abstoßenden, die mein Bild von Bessarabien verdunkelten.

Die schönen Geschichten

Meine Mutter war als Schülerin im Internat in Tarutino. Wenn sie in den Schulferien nach Hause kam, durfte sie nur einen Tag ausruhen. Am zweiten Ferientag musste sie auf dem Feld arbeiten. Genauso wie die ukrainischen Erntearbeiter. In der sengenden Sonne das Getreide rechen, einmal das Feld hinauf und wieder herunter.

Flüchtlinge

Dann erst gab es Wasser zu trinken, auch wenn das Feld einige hundert Meter lang war. Opa David stand am Ende des Feldes neben dem Wasserfass. Und bevor meine Mutter trinken durfte, wurden erst die Pferde getränkt. Ich wollte wissen, ob mein Opa David böse war. Nein, sagte sie, und ich spürte noch richtig ihren Schmerz in der Hitze des Sommers: Nein, er war nicht böse. Er wollte, dass sie weiß, was körperliche Arbeit ist. Sie sollte sich nicht einbilden, dass sie etwas Besseres sei.
Immer wieder erzählt wurde die Geschichte von den ukrainischen Mägden auf der Heimfahrt vom Feld. Sie singen nach einem Tag Maishacken in der sengenden Sonne. Sie singen, wenn alle halb verdurstet sind und die Knochen schmerzen. Die Ukrainerinnen puderten sich mit Mehl weiß, wenn sie in die Kirche oder zum Tanzen gingen. Damit niemand ihre von der Sonne gebräunte Haut sah.

Im Haushalt meiner Großeltern wurde fast alles selber gemacht. Meine Mutter konnte ohne Ende erzählen, wie sie Obst und Gemüse haltbar gemacht haben, wie sie es eingelegt, gesalzen, gesäuert, eingekocht, vergoren, getrocknet, gepresst haben. Sie hatten ihren eigenen Wein im Keller. Tief unter der Erde war der Eiskeller. Wie im Hirschkeller in Murrhardt wurde mit dem Eis und Schnee des Winters über den Sommer und Herbst das Gemüse und Obst frisch gehalten.
Die anteilige Milch der gemeinschaftlich gehüteten Ziegen und Schafe wurde zu Käse verarbeitet. Im Backofen das Brot gebacken, das Ferkel gebraten. Früher wurde sogar das Salz aus den Salinen des Schwarzen Meers geholt. Nur der Zucker wurde gekauft. Und natürlich Halva. Diese süße und zähe Köstlichkeit brachte mein Opa David mit vom Markt in der Stadt.

Mit Ausdruck von Behagen wurde erzählt vom guten Essen. Ein Abglanz aus einem exotischen Morgenland fiel auf unseren Familientisch, auf dem höchstens an Feiertagen gefüllte Paprika standen. Ich hörte von Köstlichkeiten mit wunderlichen Namen. Da gab es Ikra aus Auberginen und Paprika als Vorspeise, russischen Borschtsch, türkischen Piyaz, rumänische Mamaliga aus Mais als

Flüchtlinge

Beilage, Golubzy (eine Art Krautwickel), Botwinja, eine Kaltschale aus Roten Rüben an heißen Tagen, Harbusen (Wassermelonen), Masline (Oliven). Sie vermischten sich in meiner Erinnerung einträchtig mit schwäbischen Käsknöpfle, Strudel und Spätzle. Zum Nachtisch gab es Rahat-lakum und Halva.
Darauf lief das Essen dann auch in Murrhardt hinaus: Halva wurde ausgepackt. Es kam leider nicht vom Markt aus Tarutino oder Galatz (dem Getreidehafen im Donaudelta), sondern nur vom Bessarabertreffen auf dem Killesberg in Stuttgart. Wie eine Reliquie wurde es aus der Blechdose ausgepackt.

Mein Opa väterlicherseits, „Schmidt-Ehne" oder Opa Christian genannt, war Bauer und Stellmacher in Teplitz. Die Wagen, die hier gebaut wurden, waren berühmt. Ihre eisernen Achsen und die aus

Im Stellmacherdorf Tepltz, dem Dorf meines Opas Christian. . Ein Großauftrag für Kischinew

einem Stück Holz gebogenen Räder waren damals noch nicht üblich. Die Teplitzer Wagen wurden bis weit nach Russland exportiert. An ihrem Fahrgeräusch, dem „Klingeln", konnte man schon aus der Ferne erkennen, dass sie aus dem Stellmacherdorf Teplitz

Flüchtlinge

kamen. Als Kind erfüllte es mich mit Stolz, dass mein Opa Christian „klingelnde Wagen" bauen konnte.
Wunderbar waren auch die Geschichten vom Baden im Schwarzen Meer und dem heilkräftigen Schlamm. Mit dem schwarzen Schlamm aus dem Liman, (einer zeitweise vom Meer abgetrennten Meeresbucht) konnte man sich von oben bis unten einschmieren. „Dann sahen wir aus wie die Neger". Mit gespreizten Armen und Beinen musste man sich nun in die Sonne stellen, bis der Schlamm trocken war, rissig wurde und man aussah wie ein schuppiges Krokodil. In der Brandung des Meeres wurde die trockene Schlammkruste abgewaschen und alle fühlten sich wie neu geboren. Mein Großvater ging jedes Jahr nach Bad Burnas zur Schlammkur. Er schwor darauf, dass ihm der Schlamm gegen sein Rheuma hilft.

Besonders aufregend fand ich die Geschichten über die Wölfe. Wenn mein Opa David im Winter mit dem Pferdeschlitten in die Kreisstadt Tarutino fuhr, dann verfolgten ihn die Wölfe und wollten ihn auffressen. Er musste mit dem Gewehr schießen, um sie zu vertreiben.
Obwohl mein Opa David ein Ford T-Modell hatte, wurde nie über das Auto geredet. Ich erinnere mich an keine Auto-Geschichten. Über die Pferde jedoch gab es viele Geschichten. Sie vollbrachten wahre Wunderdinge. Im Schneetreiben war der Weg nicht mehr zu sehen. In der Steppe gab es keinen Baum, keinen Berg zur Orientierung. Dann ließ mein Opa die Pferde laufen und sie fanden immer nach Hause.

Die schlechten Geschichten.

Nicht das Auto, sondern Pferde waren der ganze Stolz der jungen Burschen. Von keinem meiner Onkel hörte ich, das sie sich für Motoren, Automechanik oder Maschinen interessierten. Ihnen ging es darum, Pferde zu bändigen, sie heimlich mit mehr Hafer als erlaubt zu füttern, damit sie stramm sind und glänzen. Mehrmals hörte ich die Geschichte mit dem Futter-Eimer. Sie ging so: Mit dem Eimer, mit dem sie heimlich ihre Pferde mit Hafer gefüttert hatten, schlichen sie sich in den Keller, füllten ihn mit Wein und soffen den Eimer aus, in dem noch die Haferkörner schwammen.

Flüchtlinge

Diese Geschichte war ja nicht schlecht, trotzdem wollte ich sie nicht hören. Lange rätselte ich darüber, was mir an solchen Geschichten missfiel. Es konnte nicht daran liegen, dass ich sie zwei- oder dreimal hören musste. An den guten Geschichten konnte ich mich ja nicht satt hören. Lag es am Ton? Onkel Gotthilf spielte mit der Geschichte die Stimmungskanone, wir sollten staunen. Doch alles sträubte sich in mir, in ihm einen tollen Kerl zu sehen.
Bei den Kriegsgeschichten von Onkel Gotthilf wuchs mein Unbehagen. Bei Kaffee und Kuchen wurde aus dem Krieg eine Abenteuergeschichte. Der Höhepunkt war erreicht, wenn er wieder damit anfing zu erzählen, wie er mit der Maschinenpistole in die Weinfässer schoss und den herausspritzenden Wein soff. Von solchen Heldentaten wollte ich nichts hören.
Ich hatte nichts gegen Soldaten, doch mir gefielen die Geschichten von Onkel Robert einfach besser. Er war Tierarzt, und ich stand daneben als er der Kuh das Kalb aus dem Leib zog. Und als unser Kanarienvogel Peter sich das Bein brach, schiente es Onkel Robert mit einem Streichholz. Peters Bein heilte. Ich staunte über solche Taten. Als vaterloses Kind sehnte ich mich nach Helden. Doch nicht in den alten Geschichten aus Bessarabien, sondern heute in Murrhardt sollten die Bessaraber meine Helden sein.

Dolmetscher zwischen den Fronten

Die Bessaraber sprachen perfekt die russische und ukrainische Alltagssprache. Durch den täglichen Umgang mit Gesinde und Saisonarbeitern kannten sie die „russische Mentalität". Zu Onkel Gotthilfs üblichen Heldengeschichten aus dem Krieg gehörte, wie man sich dank dieser Kenntnisse geschickt zwischen den Fronten bewegte. Besonders liebte er die Geschichte von dem Russen, der ihn gerade noch erschießen wollte und der wie vom Donner gerührt war, als er ihn russisch ansprach. Dieser Onkel war in der deutschen Wehrmacht Dolmetscher in der „Nahaufklärung".
Kurz darauf, im russischen Gefangenenlager, machte er sich nützlich für die Russen, die gerade noch der Hauptfeind waren. Und später in der russischen Besatzungszone war die Sprache hilfreich beim Warentausch und der Beschaffung. Mit einem unheimlichen Lächeln verkündete er uns seine Lebensweisheit: „Mit dem Kopf

Flüchtlinge

kannst du dich durchschlagen".,
Onkel Gotthilf überwältigte mich dröhnend mit seinen Kriegsgeschichten. Wenn ich mich heute an die Gesichter der anderen Onkel zu erinnern versuche, dann verwandelt sich mein Bild vom sonntäglichen Kaffeetisch. Der eine oder andere hat wohl manchmal mitgelacht. Doch meist schwiegen die Männer über den Krieg.

Wie reden über die Verstrickung?

Kinderfotos zeigen mich als fröhliches Kind im herrschaftlichen Park eines Gutshofes. „Im Warthegau", „Gut Niwki" steht hinten auf den Bildern. Der „Warthegau", ungefähr die ehemalige Provinz Posen, wurde 1939, nach Hitlers Überfall auf Polen, zu einem Teil Deutschlands erklärt. Hitler und Stalin hatten Polen unter sich aufgeteilt. Die Bessarabier wurden 1940 aus ihrer Heimat ausgesiedelt und sollten nun den „Warthegau germanisieren". Mein Vater war beim „Ansiedlungsstab" in Posen beschäftigt. Was er dort zu tun hatte, habe ich nie erfahren.

Diesen Gutshof (Gut Niwki) bekam mein Opa David (1940) in Polen („Warthegau") nach unserer Umsiedlung aus Bessarabien zugewiesen.

Flüchtlinge

Bei der „Ansiedlung" erhielt mein Großvater das Gut Niwki. Über die enteignete polnische Gutsherrin hörte ich, dass sie anfangs in der Gesindekammer wohnte. Mit ihr durften wir nicht an einem Tisch zum Essen sitzen. Und später? „Die war dann weg".

Nach dem Zusammenbruch der Sowjetunion suchten wir 1992 nach dem Gut eines Onkels in Polen. Die Einheimischen konnten uns erst weiterhelfen, als sie begriffen, dass wir den „Orts-Bauern-Führer" suchen. Sie zeigten uns ein stattliches Gebäude. Das war die ehemalige Grundschule der polnischen Kinder. Mein Onkel hatte aus der Schule einen seiner Ställe gemacht. Schulen für polnische Kinder hielten die Nazis für überflüssig.
1960 stand in meinem ersten Personalausweis als Geburtsort: „Litzmannstadt/Polen" Vor meiner ersten Reise nach Polen ließ ich das vorsichtshalber ändern. Mein Geburtsort lautete nun: Łódź. Ein Wort, das ich nicht einmal richtig polnisch aussprechen konnte.

Herr, lass uns nie vergessen, wie gut es war daheim

Als Kind habe ich gelitten am sonntäglichen Kaffeetisch. Die ewig gleichen Geschichten. Ich verwünschte die Situation. Schon die Sonntagskleidung mit der weißen Hose hinderte mich daran, das Weite zu suchen.
Als Kind konnte ich nicht verstehen, worum es am Kaffeetisch ging. Einen Hinweis gab mir viel später ein Sinnspruch, den ein Sudetendeutscher in seine Haustür schnitzte.

> *Hier wollen wir still das Los Heimatvertriebner tragen, wollen freudig ja zur unserer neuen Heimat sagen, doch tief im Herzen fleh'n wir insgeheim, Herr, lass uns nie vergessen, wie gut es war daheim.*

Als ich bei der schwer zu lesenden, weil rund um die Tür laufenden Inschrift beim „Flehen" angekommen war, befürchtete ich schon das Übliche: Der Sudetendeutsche fleht um seine Heimkehr. Zu meiner Überraschung ist davon nicht die Rede. Sondern von der „insgeheim" und „tief im Herzen" empfundenen Furcht vor dem

Flüchtlinge

Verlust der Erinnerung an die Heimat.
Nicht viel anders war es bei uns Bessarabiern. Nach Bessarabien zurück wollte keiner. Doch chronisch beschworen wurde die Erinnerung beim gemeinsamen Blättern in den Familienalben, den Heimatkalendern, den am sonntäglichen Kaffeetisch sich immer wiederholenden Gesprächen über die „Heimat in der Steppe". Familientreffen waren immer auch Rituale gegen das Vergessen. Wie sollten wir Kinder begreifen, dass Flüchtlinge nur in ihren Erinnerungen fühlen, dass auch sie etwas wert sind.
Wie schnell es mit dem Vergessen geht, das sah man an uns Kindern. Schon die nächste Generation will nicht mehr Teil dieses Rituals sein. Wie sollten wir auch begreifen, um was es bei diesen Geschichten ging. Nicht um Neuigkeiten, Klatsch und Gerüchte ging es, und schon gar nicht um familiäre Sorgen, persönliches Glück oder Unglück. Die Erzählung einer Geschichte war gelungen, wenn sie ein gemeinsames Behagen hervorrief: Ja, so war es in Bessarabien, so waren wir Bessaraber, das war eine schöne Zeit! Die Erinnerungen der Einzelnen wurden Teil einer gemeinsamen Geschichte. Wenn das gelang, dann hieß es beim Abschied, dass es wieder einmal schön war miteinander.

Flüchtlinge in der Zwischenwelt

Bessarabiendeutsche in den vier Besatzungszonen (Stand: 1. 12. 1948)		
Amerikanische Zone	26 366	davon in Württemberg: 20 116
Britische Zone	23 989	
Sowjetische Zone	13 360	
Französische Zone	450	
Insgesamt	64 165	

Flüchtlinge

Ostflüchtlinge, mit schwarzen Kopftüchern und Schaffellmützen in Fezform

Die Flüchtlinge sorgten für Beunruhigung in Murrhardt. Der Lehrer Gürr beschreibt in seiner „Murrhardter Chronik 45/46" wie die „Ostflüchtlinge" in LKWs ankommen. „Immer wieder neue". Gürr sieht erstaunt Männer mit „Schaffellmützen in Fezform". Jeweils 300 werden in der Stadthalle als Verteil- und Durchgangslager untergebracht. Sie müssen in Murrhardter Haushalten einquartiert werden. Gürr kann sich nicht vorstellen, dass die Flüchtlinge alle bleiben werden. Er vermutet, dass sie wieder in den Osten zurückkehren. Es gibt das Gerücht, das die Bessarabiendeutschen, die Bauern sind, schon abgereist seien.

Bessarabische Frauen. auf der Flucht, 1945.

Eine Wohnungskommission wird gebildet, dabei auch ein Nichteinheimischer, als Unparteiischer. Die Kommission hat die schwierige Aufgabe, die Zimmer und Wohnbelegung der Einheimischen zu registrieren, die Ostflüchtlinge müssen „einquartiert" werden. Februar 46, wieder sind Ostflüchtlinge mit LKWs angekommen. Da auch arbeitsfähige Männer darunter sind, wird das Arbeitsamt kommen und sie je nach Beruf in bäuerliche und industrielle Gemeinden einteilen. Im Mai, der Schwäbische Albverein macht seine erste Wanderung, 400 Ostflüchtlinge treffen ein. Ende Mai schon wieder. Ab jetzt verliert Gürr den Überblick über Zahl und Datum der Ankommenden. August 1946 wird nur noch „Unterbringungsraum, nicht mehr Wohnraum" gesucht. Es wird „immer herber, die Ostflüchtlinge nur auch unter Dach zu bringen. Wie ist ihre Arbeit, ihr Verdienst, ihre Ernährung?" Im Oktober 1946: Der

Flüchtlinge

Wohnungs- und Flüchtlingskommissar muss in jedem Haus nachsehen und Flüchtlinge unterbringen. „Das Durchgangslager in der Stadthalle ist gedrängt voller besetzter Lagerstätten". 2.000 Flüchtlinge fanden in der Stadthalle ihre erste Unterkunft. Sie mussten in der Stadt und ihren Teilgemeinden untergebracht werden. Eine erstaunliche Zahl für eine Stadt, die damals nur 4.600 Einwohner hatte.

In der Jubiläumsbroschüre der Lederfabrik fand ich einen Zeitungsausschnitt aus den Mitteilungen der Kirchengemeinde. Mein Onkel Heinrich hielt ihn für aufbewahrenswert. Helene Findeisen, die Witwe des Stadtpfarrers, schreibt darin: „Wenn ich durch das Städtchen ging, begegnete ich so mancher leidgeprüften Frau mit schwarzem Kopftuch, so grüßte ich sie. Und meistens wurde mein Gruß freudig erwidert – wer grüßte sie schon in der ihr so fremden Stadt."

Der Speiseplan des Murrhardter Flüchtlingslagers vom 17.06.1946 – 23.06.1946, für Erwachsene pro Person und Tag:

Wochentag	Frühstück	Mittagessen	Abendessen
Montag	1 T. Kaffeeersatz, 20g Brot	Eintopf 200g	1 Teller Suppe, 20g Presswurst
Dienstag	1 T. Kaffeeersatz, 20g Brot	Sauerkraut + Schwartenmagen 50g	Perlkartoffel mit Quark 60g
Mittwoch	1 T. Kaffeeersatz, 20g Brot	Erbsengemüse + Salzkartoffel 100g	Erbsensuppe mit Brot
Donnerstag	1 T. Kaffeeersatz, 20g Brot	Gelbe Rüben + Kartoffelbrei 150g	Schälkartoffel, Käse Brot
Freitag	1 T. Kaffeeersatz, 20g Brot	Kartoffelgemüse + Nudeln 100 g	Kartoffelsuppe, Leberwurst
Samstag	1 T. Kaffeeersatz, 20g Brot	Bohnengemüse + Salzkartoffel 100g	Bohnensuppe, Käse
Sonntag	1 T. Kaffeeersatz, 30g Brot, Butter + Honig	Pferde- oder Schweinefleisch + Kartoffelsalat 100g	Schinkenwurst

Sonstige Getränke: Wasser, Tee, Most

In der Kantine der Lederfabrik und der Stadthallenküche wurde täglich für ca. 600 Flüchtlinge gekocht.

Gürr sieht die Flüchtlinge an der Anschlagtafel in der Stadthalle stehen.
„*Wieviele suchen da ihre Lieben? Die durch Deutschland irren?*

Flüchtlinge

Vielleicht tot sind? Und wieviele irren durch dieses arme, vollgestopfte, hungernde Deutschland? Mensch schreit nach Mensch, nach den Angehörigen. Und es spricht daraus nicht so sehr Verzweiflung, auch Glauben und ein bisschen Hoffnung."

Fremdartig müssen wir damals ausgesehen haben. Die bessarabischen Frauen in schwarzen Kopftüchern, die ihre Kinder in bunten handgewebten Tüchern (Plachten) tragen Ich sehe meinen Opa David vor mir. Streng, in seinem einzigen dunklen Anzug und Weste, die schwarze Persianer-Kappe auf dem Kopf. So ging er einsam durch die Stadt. Von Gürr weiß ich nun, dass die Murrhardter seine Persianer-Kappe mit einem Fez verwechselten.

Die Legende vom „Lastenausgleich".

Als Kind wusste ich nicht, was der „Lastenausgleich" war. Darüber wurde in der Verwandtschaft viel gesprochen. Es ging dabei immer darum, wie viel Vermögen wir verloren hatten, wie wir das beweisen konnten und wie hoch wir entschädigt werden. Irgendwann wurde es still um den Lastenausgleich. Nie hörte ich, wie hoch er war. War es viel, war es nichts? Haben sich die Flüchtlinge mit dem Lastenausgleich ihre neuen Häuser gebaut? Ich konnte nichts entgegnen, als ich von diesem unter Einheimischen bis heute verbreiteten Gerücht hörte.
Ich fand später die Akten mit der Aufschrift „Lastenausgleich". Meine Verwandten führten darin einen jahrelang währenden Schriftverkehr mit den Behörden. Noch 1948 ersuchte mein Onkel Heinrich „um Zuteilung einer Landwirtschaft aus der Siedlungsreform, um sich wiederum eine Landwirtschaft einrichten zu können". Daraus wurde nichts.

Flüchtlinge

Lastenausgleich, ein jahrelang währendes Verfahren: Anträge, Bescheide, Zeugenaussagen,, Mitteilungen über die Veränderungen der Gesetzes und Verordnungsgrundlagen. (Ausschnitte aus dem Schriftverkehr meiner Verwandtschaft.)

Der Lastenausgleich für unseren verlorenen Besitz von über einer Million RM betrug für meine Mutter und ihre vier Geschwister je 7.370,- DM. In verschiedenen Raten wurde diese Summe Anfang bis Mitte der 1960er Jahre ausgezahlt. Die Siedlungshäuser waren damals schon von den Flüchtlingen aus eigener Anstrengung gebaut.

73

Flüchtlinge

Gärten für die Flüchtlinge. Die Stadt lässt dafür den Sportplatz umpflügen.

Wir hatten lange Zeit nichts beisammen, keinen zusammenhängenden Haushalt, keine eigene, abgeschlossene Wohnung. Unser Keller war nicht im Haus, sondern ein paar Straßen weiter in der alten Schule. In dem großen Gewölbekeller lagerten wir die Äpfel, Kartoffeln, Kürbisse, die Einweckgläser mit Kompott, die Marmelade. Hier wurde Sauerkraut gemacht. Ich durfte mit den nackten Füßen das frisch geschnittene Kraut stampfen. Das „Filderkraut" wurde von den „Fildern", einem Kohl-Anbaugebiet bei Stuttgart Echterdingen nach Murrhardt angeliefert. Dann kam ein Mann mit einem großen Filderhobel. Er schnitt uns den Kohl vor dem Keller.
Meistens gingen wir in den Keller zum „Auslesen" der faulen Äpfel. Nur die wurden gegessen. Nachdem wir die faulen Stellen ausgeschnitten hatten.

Unser erster Garten lag auf dem ehemaligen Sportplatz. Die Gemeinde hatte ihn mitsamt dem Wäschetrockenplatz umpflügen lassen, damit die Flüchtlinge einen Garten hatten. Als dort eine Behelfsschule aus Holz errichtet wurde, bekamen wir einen Garten weit außerhalb von Murrhardt. Der Fußweg dorthin dauerte eine halbe Stunde. Der Garten lag oben auf einem Berghang am Waldrand. Das Wasser zum Gießen holte ich mit zwei Gießkannen aus dem Bach im Tal.
Ich mochte die Gartenarbeit mit der runden Hacke. Diese Hacke hatte sich durch die jahrelange Arbeit abgenutzt und war rund geworden. Ich brauchte sie nur über den trockenen Boden zu ziehen und schon waren die Wege zwischen den Beeten vom Unkraut frei.
Eine Fuhre Mist vom Bauern für den Garten konnten wir uns nicht leisten. Wenn ein Fuhrwerk durch die Stadt fuhr, musste ich mit Handwagen und Kutterschaufel (Kehrblech) losziehen die Kuhfladen abkratzen und die Roßbollen einsammeln.
Schämte ich mich? Stank der Mist? Ich erinnere es nicht. Der Mist war eher ein unerwartetes Geschenk für unseren Garten. Wenn ich im Herbst die gewaltigen Kürbisse, die Tomaten und die Paprika sah, war ich stolz auf meinen Beitrag.

Flüchtlinge

Mit meiner Schwester in unserem ersten Garten. Um den Flüchtlingen einen Garten zu verschaffen, ließ die Gemeinde 1945 den Sportplatz umpflügen.

Flüchtlinge

Land zum Bauen - das Ende der Einquartierung

Im Jahr der großen Maikäferplage hoben wir die Baugrube für unser Siedlungshaus aus. Unsere Verwandtschaft und die des sudetendeutschen Nachbarn war zum Helfen zusammengekommen. Wir Kinder saßen auf den ausgehobenen Erdhügeln und patschten mit kleinen Brettchen nach den um unsere Köpfe brummenden Käfern. Die Käfer, die das überlebten, steckten wir in Zigarrenkisten und fütterten sie mit Buchenblättern.

1953, das Ende der „Einquartierung". Das Haus Onkel Heinrichs in der Flüchtlingssiedlung im Bau.

Das Bauland hatten mein Onkel und die sudetendeutsche Flüchtlinge verbilligt von der Stadt bekommen. Am Ortsrand von Murrhardt entstand die Flüchtlingssiedlung mit Doppelhäusern, einem Schuppen für Kleintiere und Gärten vor und hinter dem Haus.

Flüchtlinge

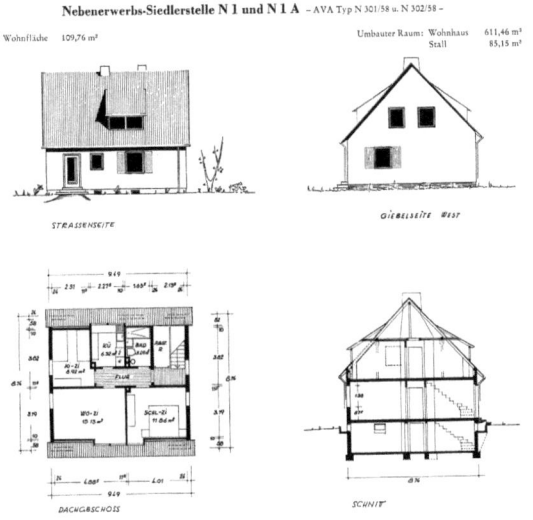

Ein typisches Flüchtlingshaus

Als wir 1953 in das Siedlungshaus meines Onkels zogen, legten wir einen Garten am Haus an und einen zweiten Garten gleich auf der anderen Seite der Murr. Vor dem Haus pflanzten wir nicht Blumen, wie die Einheimischen, sondern Kartoffeln und einen Obstbaum. Was die Leute über uns Flüchtlinge sagten, konnte uns jetzt egal sein. Mit dem eigenen Haus und Garten endete die „Einquartierung".

Ein Flüchtling wehrt sich

Meine nach Kasachstan (wir sagten „Sibirien") verschleppte Tante Friederike kam gebrochen Weihnachten 1955 mit ihrem Sohn zurück. Erst später hörten wir von ihrem Leben und unter welch entsetzlichen Umständen meine mit ihr verschleppte Großmutter gestorben war.
Doch nicht einmal mit ihrem sprachlosen Schrecken ließ man sie in Ruhe. Über sie wurde in Murrhardt das Gerücht verbreitet, sie hätte

es in Sibirien „mit den Russen getrieben". Doch dann geschah etwas Unvorstellbares. Mein Onkel Heinrich wehrte sich öffentlich gegen das Gerücht. Der Verleumder musste sich in der Lokalzeitung entschuldigen. So etwas hatte ich bisher noch nicht gehört, dass sich ein Flüchtling öffentlich gegen etwas wehrt. Über soviel Zivilcourage meines Onkels war ich stolz.

„Was du im Kopf hast, das kann dir niemand nehmen"

Meine Verwandten waren stolz darauf, dass sie nach dem Krieg nichts geschenkt bekamen, sondern sich alles selbst erarbeiteten. Die Flüchtlinge hatten ihr gesamtes Sachvermögen verloren. Die Sparbücher, soweit sie gerettet werden konnten, waren nach der Währungsreform 1948 nichts mehr wert.

„Boden kann nicht abbrennen", diese alte Weisheit hörte ich noch. Doch sie war vollständig erschüttert. Wir hatten das Land zweimal verloren. Erst das Land in Bessarabien und dann auch das Land, das wir als Ausgleich für die Umsiedlung im besetzten Polen bekamen.

Jetzt galt: „Was du im Kopf hast, das kann dir niemand nehmen." Garniert war diese Weisheit regelmäßig mit der schlimmsten Drohung: „Und wenn du nicht lernst, dann wirst du Knecht beim Bauern".

Das hörte ich von der kleinen Schicht der bessarabischen Akademiker. Lehrer wurden wieder Lehrer, Tierarzt wieder Tierarzt, Pfarrer wieder Pfarrer

Schwerer hatte es der andere Teil meiner Verwandtschaft, der von ganz unten begann. Sie nahmen jede Arbeit an. Zwei meiner Onkel wurden erst Knecht beim Bauern. Dann wurden sie Hilfsarbeiter bei Daimler oder in der Lederfabrik. Meine unverheiratete Tante Elvira wurde Löterin bei Telefunken, Tante Adele und Martha wurden Diakonissenschwestern, Tante Friederike Hilfsarbeiterin in einer Fabrik für Taschenlampen.

Onkel Reinhold, ein auch für bessarabische Verhältnisse großer Gutsbesitzer, machte eine Lehre als Elektriker, seine Frau machte Heimarbeit als Näherin für ein Kaufhaus. Sie wanderten in den 50er Jahren nach Kanada aus, arbeiteten anfangs auf einer Pelztier-

Flüchtlinge

farm, er wurde wieder Elektriker, sie arbeitete in den ersten Jahren als Putzfrau in einem Krankenhaus. Ihre drei Kinder ließen sie studieren. Onkel Albert, der Bruder meines Vaters heiratete eine einheimische Bauerntochter und wurde Bauer. Er war der Einzige in der Verwandtschaft, der wieder Bauer werden konnte.

Fuhrpark der neu gegründeten Firma „Häute und Felle" der Fam. Hock, mit Vettern und Bäsle.

Ganz von unten begann bei einigen eine rasante Karriere. Ein Onkel, in Bessarabien Besitzer einer großen Schlosserei, zog nach dem Krieg mit dem Fahrrad von Dorf zu Dorf und sammelte Felle von Kaninchen und Ziegen. Sie wurden gesalzen und zum Trocknen aufgespannt. Dann wurde ein kleiner LKW-Kastenwagen angeschafft und das Geschäft auf Rinderhäute ausgedehnt. Eine Häute- und Fellhandlung wurde gegründet. Am Wochenende wurde der Kastenwagen gewaschen, Bänke in den Kasten gestellt, und die ganze Familie samt meinen Vettern kam zu Besuch. Mit ihnen war es immer lustig. Den Handel mit den Häuten und Fellen, mit dem „Fünften Viertel" des Tieres, wie es mein Vetter Heinz la-

Flüchtlinge

chend nannte, baute er später zu einem großen Unternehmen aus.

Ein erstaunlicher und oft besprochener Fall war mein Onkel Emil, der ehemalige Schreiber in der Mühle meines Großvaters. Er war auf dem Schwarzmarkt und im Handel zwischen den Besatzungszonen tätig. Er beschaffte eine Strumpfstrickmaschine in der SBZ, zerlegte sie und schmuggelte sie unter dem PKW Sitz in den Westen. Er war geschäftstüchtig und brachte es zu einem großen Kaufhaus. Mit einem dicken Mercedes kam er öfters am Wochenende bei uns vorbei und warb um meine Mutter. Sie erhörte ihn nicht. Auch nicht, als er uns Ende der 50er Jahre in seinem Haus an der italienischen Riviera Urlaub machen ließ. In Diano Marina!
Das klang in meinen Ohren verlockender als Vorderwestermurr oder Käsbach, und schon gar nicht so ewig gleich wie all das, was in Gnadental und Friedrichsdorf in Bessarabien geschehen war. Wenn in den sonntäglichen Besuchsrunden die Rede auf Emil kam, sagte einer unweigerlich: „Der war Schreiber bei deinem Großvater und heute ist er Millionär". Das wurde nicht missbilligend vorgebracht, sondern mit einem Lachen: so ist der Lauf der Welt.
Die geschmuggelte Strumpfstrickmaschine erwarb mein Onkel Fritz, ehemals Mühlenbesitzer und Großbauer. Gestrickt wurde von der ganzen Familie zuerst im Wohnzimmer. Daraus entwickelte sich eine kleine erfolgreiche Strumpffabrik.
Ich liebte das gewinnende und offene Lachen dieser Onkel und Vettern. Es erinnerte mich an das Lachen, das ich bei den Amis mochte. Von ihnen hörte ich nicht die großen Worte. Sie waren „selfmade man".

Flüchtlinge, „Motor des Wirtschaftswunders"

Schön ist für mich, was ich in der heutigen wissenschaftlichen Literatur über die „Heimatvertriebenen" lese. Sie werden als Bereicherung der Bundesrepublik beschrieben. Plötzlich sind sie nicht mehr nur die „Revanchisten", die ewig Gestrigen, die ihr Schlesien zurück haben wollen. Jetzt lese ich, dass wir eine wichtige Triebkraft der „Modernisierung der BRD" gewesen wären. Enge kirchli-

Flüchtlinge

che Bindungen wurden aufgehoben, in die Monokultur kamen nun Evangelische oder Katholische, die sich eine neue, moderne Kirche bauten, sich gegenseitig ertragen mussten. Die Parteien bekamen Zulauf, die alten Honoratioren verloren an Einfluss. Qualifizierte Arbeitskräfte, die sich vor keiner Arbeit scheuten, wurden zu einem wichtigen Motor des „Wirtschaftswunders". Das färbte auch ab auf die Vertriebenenverbände. Die Donauschwaben fühlen sich heute als „Mitbegründer von Baden-Württemberg".

Wir Beteiligten wussten damals nichts von unserer historischen Bedeutung. Ich kam mir als Last vor, als jemand, der froh sein konnte, dass er hier sein durfte. Warum sollten wir Flüchtlinge irgendeine Bedeutung haben, gar für das größere Ganze? Es ging um die „Eingliederung", die „Ansiedlung", die „Aufnahme" der „Heimatvertriebenen" - so lauteten die Wörter.

Das Desinteresse für uns Flüchtlinge ist bis heute chronisch. Ich kenne Dorfchroniken, in denen jede neu erworbene Feuerwehrspritze im Detail beschrieben wird. Auskünfte über die Flüchtlinge, ihre Herkunft, ihre Siedlungen sucht man darin vergebens, obwohl sie in vielen ländlichen Regionen bis zu einem Viertel der Bewohner ausmachen. Die Flüchtlinge brachten es bis zum „Motor des Wirtschaftswunders" - doch noch immer nicht zu einem Teil der Heimatgeschichte.

Vorteile des Flüchtlingskinder-Lebens.

Für die Flüchtlinge galt es zu überleben. Sie mussten sich durchschlagen um voranzukommen. Dabei ging es meist nüchtern zu. Den Flüchtlingskindern mangelte es an emotionaler Sicherheit und Geborgenheit – trotz der Stärke der Mutter, die jetzt die Rolle des fehlenden Vaters mit übernehmen musste. Meine Heimat bildete ich mir deshalb allein aus meiner Kinderwelt, den Spielorten, der Landschaft. Ich lebte in den Lücken der Stadt und streifte durch die verschiedensten Welten. Es war für mich nicht schwer, die Stadt der Erwachsenen zu verstehen. Die zwei wichtigsten Dinge lernte ich schnell. Nahrungsmittel mussten beschafft, im Garten angebaut

Flüchtlinge

und gelagert werden. Und: Ich durfte mich nicht erwischen lassen. Denn es gab niemand, der mich beschützte.

Die bessarabische Welt, die aus Land, Arbeit, einer großen Familie und der Vermehrung des Besitzes bestand, war untergegangen. Wir hatten nichts mehr.
Wir besaßen kein Vermögen, Geschäft, Unternehmen in das wir Kinder hätten hineinwachsen können. Ich lernte nicht von klein auf Arbeitsabläufe, Verhaltensformen, Auftreten nach außen und all die Selbstverständlichkeiten, die sich aus einer festen gesellschaftlichen Stellung der Eltern ergaben. Was für mich zählte, war nur die unmittelbare persönliche Zu- oder Abneigung zur Mutter, den Onkeln und Tanten, den Lehrern und Nachbarn. Und mit den Spiel- und Schulkameraden spielte, phantasierte und dachte ich mich in andere Welten, jenseits von Murrhardt.
Als Flüchtlingskind war ich freier als die einheimischen Kinder. Niemand im Ort erwartete etwas von mir, niemand zwang mich in eine Tradition hinein. Ich konnte so tun, als würde ich den ungebildeten und schüchternen Burschen spielen, der ich tatsächlich war. Es war klar, aus mir kann in Murrhardt nichts werden. Das hatte seine Vorteile: die Welt stand mir offen. Und ich verlor nur eine halbe Heimat.

Gerüche und Klänge
alter und neuer Zeiten

Auf der Straße: Tiere, Brennholz, Fuhrwerke - das Murrhardt meiner Kindheit. (Foto: Stadt-Archiv Murrhardt)

Gerüche und Klänge alter und neuer Zeiten

Saublons

Die Straße gehörte in meiner Kindheit den Hühnern und Gänsen. Sie waren die Ureinwohner. Die Hühner waren überall. Sie badeten im Staub, kratzten in den Pflasterritzen nach Unkraut und Würmern. Empört gackernd rannten sie davon, wenn ein Auto kam. Die Straße diente nicht nur dem Verkehr. Sie war auch ein Lager- und Arbeitsraum. Brennholz wurde gestapelt, Wagen abgestellt. An Markttagen breiteten Händler von Haushaltsbedarf ihre Waren direkt auf der Straße aus.

Die Häuser mit ihren Kellern und Dachböden, Ställen, Werkstätten und Kaufmannsläden waren offen, Haustüren nicht abgeschlossen. Ich konnte den Handwerkern und Kaufleuten zusehen und sehen, was sie machen. Ich stand daneben, wenn das Pferd beschlagen, das Schwein abgestochen wurde. Die kolossalen Metzgerhunde des Ochsenwirts bekamen die Lunge, wir die aufgeblasene Saublons (Schweinsblase) als Fußball.

Die Gerüche meiner Kindheit überfielen mich in einem Museum

Im Taglöhnerhaus des Freilandmuseums Fladungen/Rhön stehen fast keine Gegenstände vergangener bäuerlicher und handwerklicher Arbeit. Keine Spinnräder, Flachshecheln, Spitzendeckchen und Trachten fordern die Aufmerksamkeit. Aber es riecht. Es riecht in einer eigentümlichen Mischung nach Ziegen, Hühnern, Heu, Mist, Holzofen, Küche. Im Keller ist der Stall, in dem die Hühner nachts untergebracht werden. Daneben der Vorratskeller. Doch es war nicht allein der Geruch, der aus dem Viehstall im Haus hochzog. Durch Lüften war er nicht zu vertreiben, alle Türen des Hauses standen offen. Es war das ganze Haus, das in jedem Raum immer wieder anders roch. Als hätte es die verschiedenen Gerüche seiner Geschichte in sich aufgesogen.

Das Museumshaus roch. Als ich die Treppe hinauf stieg roch ich meine Kindheit: die Tiere auf der Straße, in den Ställen, die Blechbadewanne in unserer warmen Stube, das kalte Schlafzimmer, den Keller mit dem Vorratsraum und seinem Durcheinander der Gerüche nach eingemachtem Sauerkraut, den gelagerten Äpfeln und

Kartoffeln, dem Most. Die feuchte Waschküche. Den Dachboden, der im Sommer heiß wie ein Backofen war, im Winter eiskalt. In unserem Siedlungshaus war da noch nichts zum Aufbewahren, später nur die „Lore Romane" meiner Tante Elvira. Auf den Dachböden meiner einheimischen Freunde jedoch pfiff der Wind durch die in Kisten, Koffern und Schränken abgelagerten Überbleibsel der Vorfahren. Es roch nach Mottenpulver, Staub, dem Mist der Fledermäuse, Mardern, und den Vögeln, die hier ihre Nester bauten.

Gerüche, verschieden

In meiner Kindheit roch es kräftig. Es roch überall verschieden. Selbst in der kleinen Welt, in der ich mich als Kind bewegte. Das duftende Parfüm im Laden des Friseur Ehrmanns war auch deshalb so komisch, weil der Kontrast zum Alltag groß war. Wenn ich den Laden verließ, dann strömten die Gerüche Murrhardts umso kräftiger auf mich ein. Die Türen der Handwerker, Gaststätten, Bauernhöfe standen in meiner Kindheit offen. Die Essensgerüche aus den Küchen der Gastwirtschaften wehten über die Straße. Auf dem Boden vor dem Schlachtraum der Metzgereien lag das Fett und der Talg der Schweine und alles, was die Hunde verschmähten. Wenn ich an den Bäckereien vorbeikam, dann duftete es je nach Tageszeit nach Brot, Brezeln, Laugenwecken, Gebäck.
Die Sonne Post war vorne sehr fein. Wir spielten an der Rückseite, hier hingen die Rehe, Hasen und Wildschweine am Haken. Ihr Blut lief auf die Straße. Im Fischbecken an der Ecke schwammen die frisch gefangenen Karpfen und Forellen. Ich liebte den Geruch von Fisch und sprudelndem Wasser. Wenn gleich daneben, beim Schmied-Zügel ein Pferd beschlagen wurde, dann zog der beißende Geruch vom verbrannten Horn der Hufe herüber, wir rannten hin, denn jetzt gab es etwas zu sehen. Nach verbranntem Holz roch es, wenn der Schmied die heißen Eisenreifen auf die Holzräder zwang und dann ins Wasserbecken tauchte und drehte. Das Wasser zischte. Unheimlich wurde es mir immer beim schmerzhaften Sirenenklang der Hobelmaschinen und Kreissägen der Schreinereien, doch der Geruch der frisch gehobelten Bretter und des Sägemehls beruhigte mich wieder.

Gerüche und Klänge alter und neuer Zeiten

Auf der Straße waren Hühner allgegenwärtig. Enten und Gänse marschierten von ihren Schuppen zur Murr. Ihr Kot muss auf der Straße gelegen haben. Ich erinnere ihn nicht. Was die vorbeiziehenden Kühe und Pferde hinterließen, war schon interessanter. Ich musste den Mist aufsammeln.

Die Postgasse meiner Kindheit. (Zeichnung: Maria Mungenast)

Gerüche und Klänge alter und neuer Zeiten

In der Heu- und Öhmdzeit [3] dufteten die durchziehenden Heuwagen. Die Molkerei duftete nach frischer Milch. Zu Anfang wurde die Milch mit langstieligen Maßbechern aus Milchkannen geschöpft. Wir trugen die Milch in einer Aluminiumkanne nach Hause. Dann kamen die Milchpumpen mit einem großen Hebel und Knopf. Die Milch konnte man dann schon in Glasflaschen kaufen, die mit einem Pappdeckel verschlossen wurden. Eine Sensation war es, als die Schlagsahne in Murrhardt ankam. Ich bekam sie als seltene Belohnung. Bewundernd stand ich davor, wenn der glänzende Apparat zischte und die Sahne sich wie eine Schnecke in die Waffel rollte. Die ganze Molkerei verwandelte sich in eine süße Duftwolke.

Der Duft des Meeres erwartete uns in der Badeanstalt mit dem Bademeister Rall in der Walterichsstraße. Wir mussten dorthin nicht zum wöchentlichen Baden, dazu reichte die Blechbadewanne im Wohnzimmer. Das Bad in der Badeanstalt sollte der Kräftigung dienen. Dazu wurde vom Bademeister weißes, grobes Meersalz in die warme Wanne geschüttet. In der Wanne mussten wir sitzen bleiben, bis unsere Haut weich war und sich abrubbeln ließ. In meiner Erinnerung fest verbunden mit diesem Meeresbad ist die große rosa schimmernde Muschel mit weißen Zacken, die auf unserer Kommode stand. Wenn ich die Muschel ans Ohr drückte, dann rauschte es. Ich habe nie gefragt, warum die Muschel rauscht. Denn schon bevor ich sie zum ersten Mal an mein Ohr hielt wurde mir mit geheimnisvoller Stimme gesagt: „Da hört man das Rauschen des Meeres". Viele Jahre war ich glücklich mit der Muschel und zufrieden mit dieser Erklärung. Ich wollte nicht wissen, dass es das Echo meines kreisenden Blutes selber ist, das mir aus der Muschel entgegen schallt.

Neue Gerüche

Neben dem Frisör und Parfümeriegeschäft Ehrmann gab es noch andere Inseln neuer und künstlicher Gerüche. In der Drogerie Löffler bekam ich Chemikalien. Hierher ging ich gerne, denn es roch

---

3   Öhmd, das im Hochsommer/frühen Herbst geerntete 2. Heu.

nach gefährlichen und explosiven Substanzen. Der Drogist war ein halber Chemiker, ohne zu zögern füllte er mir rauchende Salpetersäure in meine Glasflasche. Die trug ich mit großem Respekt nach Hause. Die neue Stadt-Apotheke war feiner. Hier gab es schon Kosmetika und Parfüms. Die Stadt-Apotheke hatte ein großes Schaufenster. Neben dem Lebertran standen hier die neuesten Kosmetika in glänzenden Kartons verpackt.

Wegriechen

Es ist nicht schwer die Gerüche trennen zu lernen. So wie man Stimmen, Geräusche, Töne weghören kann, so ist es auch mit den Gerüchen. Man kann Gerüche wegriechen. Oder sie verwandeln, mit ihnen in neue Welten eintauchen. In die gefährliche Welt der Drogerie Löffler, oder in die komische Welt der Parfümerie Ehrmann, in der es nach Honoratioren-Schwäbisch roch. Wahrscheinlich gab es in der Stadt-Apotheke dieselben Chemikalien wie in der Drogerie. Doch da der Apotheker sie mir nicht verkaufte, roch die Apotheke für mich nach Lebertran, der in seinem Schaufenster stand.

Die Landwirtschaft meiner Kindheit stank nicht. Es gab noch keine Gülle. Das Jauchefass, mit dem die Bauern durch die Straßen zogen, war zwar nie dicht, es plemperte und hinterließ eine kräftig riechende Spur. Doch der Geruch verflog schnell, wenn die Jauche trocknete. Jauche und Mist rochen, doch sie überwältigten nicht einen ganzen Ort, wie heute die Gülle. Es roch, aber es stank nicht. Es war nicht der Gestank, der heute manche Orte je nach Windrichtung überfällt. In meiner heutigen Nachbarstadt Gudensberg z.B., stinkt es bei Nord-Westwind nach den Abfällen des Hähnchenschlachthofs der Firma Plukon, bei Südwind riecht alles süßlich nach der Waffelfabrik „Big Drum".

Die Orte rochen verschieden, der Geruch hing am sichtbaren Tier, einem Misthaufen, der Werkstatt, einer bestimmten Arbeit. Schon daneben roch es anders. Es stank nicht, weil man die Gerüche auseinander halten konnte. Ich ekelte mich in der glitschigen, oft stinkenden Murr, doch ich brauchte nur ein paar Schritte weiter zu wa-

Gerüche und Klänge alter und neuer Zeiten

ten und schon konnte ich am Zusammenfluss von Murr und Dentelbach in einem klaren Gumpen baden.
Der „blaue Anton", in dem mein Onkel Heinrich von der Arbeit kam, sich zum Mittagessen an den Tisch setzte, roch nach Lederfabrik. Erst 1966 wurde die erste Waschmaschine gekauft. Einmal in der Woche, am Montag, war Waschtag. Meine Mutter wusch in der Waschküche mit der Hand den blauen Anton. Jetzt roch es nach Lederfabrik im ganzen Haus. Dem Gestank konnte ich nicht entrinnen. Ich ekelte mich.

Schmied Zügel

Beim Hufschmied, Schmied-Zügel genannt, kam es nicht so häufig vor, dass ein Pferd beschlagen wurde. Alltäglich jedoch waren die Klänge und Gerüche, die aus der Schmiede nach draußen drangen. Die Schmiede war ein schwarzer, dunkler Ort, in dem fast nichts zu sehen war. Den schwarz verschmierten Schmied sah ich erst, wenn er mit der einen Hand den Blasbalg zog und mit der anderen das Eisen in den aufflammenden, rot glühenden Kohlen wendete. Die Klänge, die aus der Schmiede kamen, waren Musik in meinen Ohren. Das glühende Eisen wurde auf dem Amboss geschmiedet, abwechselnd mit einem Schlag auf das Eisen und einem auf den Amboss. Dumpf klang der Schlag, der auf das Eisen ging, hell der Schlag auf den Amboss. Wie um Schwung zu holen, schlug der Schmied manchmal zweimal auf den Amboss. Ein unreiner, ziehender Intervall klang aus dem Dunkeln.

An der Wand in der Schmiede hingen viele Zangen. Die Zangen waren verschieden. Lange und kurze, dicke und dünne gab es. Ihre verschiedenen Backen und Mäuler konnte ich kaum unterscheiden. Für jede Arbeit gab es eine besondere Zange. Viele brauchte der Schmied schon, um einen Eisenreifen im Feuer heiß zu machen und dann auf die hölzernen Räder der Leiterwagen zu zwingen.

Gerüche und Klänge alter und neuer Zeiten

Mit den Händen packte er das Rad am Holz und tauchte es in ein Wasserbecken. Dann dampfte und zischte es. Das erkaltende Eisen zog das Rad zusammen. Sonst wäre das Rad in lauter einzelne Holzstücke auseinander gefallen.
Der Schmied hatte riesige schwarze Hände. Ich hatte nie Angst davor, dass er mich mit diesen Händen schlägt. Geschlagen wurde ich von den feinen und sauberen Händen.
Gewundert hat mich immer, warum es das Pferd duldete, wenn ihm das heiße Eisen mit Nägeln auf die Hufe geschlagen wurde. Es roch nach verschmortem Horn und nach verbrannten Haaren. Ich litt mit dem Pferd, weil ich dachte, die Nägel würden ihm wie Jesus am Kreuz in den Fuß getrieben.

Mosterei Haisch

Unübertrefflich waren die Gerüche der Mosterei. Dorthin brachte ich mit meinem Onkel Heinrich das von den Bauern gekaufte Mostobst, um es pressen zu lassen und den Saft nach Hause zu fahren. Es war immer Abend und dunkel, wenn wir dort waren.
In der Mosterei war alles nass. Das Wasser, mit dem das Obst ge-

waschen, die Fässer ausgespritzt wurden, floss über den Fußboden. Das Licht der wenigen Lampen spiegelte sich auf dem nassen Fußboden und den nassen Fässern. Die Leute, die hier hantierten und Äpfel brachten, den Saft in ihren Fässern nach Hause fuhren, waren in guter Laune und redeten und lachten laut. Es gab schon den ersten gärenden Apfelsaft zum Trinken. In diesem glitzernden und tönenden Halbdunkel steigerten sich die Gerüche. Die frisch geschnitzelten Äpfel dufteten, süß-sauer roch der gerade gepresst Saft, der aus der Presse in Bottiche lief. Gleich daneben, auf dem Boden lag der Trester, der zu gären begann, wenn er nicht schnell genug als Viehfutter abgeholt wurde.

Alles passierte gleichzeitig. Ich wusste nicht, wo ich zuerst hinblicken sollte. Die Motoren der Presse und der Mühle brummten. Die Äpfel und Birnen polterten durch ein rauschendes Wasserbecken. In einer Mühle wurden sie zerkleinert, „geschnitzelt". Mit einer großen Schaufel warf ein Mann mit langer Gummischürze die Schnitzel in die Presse. Ein großes Sacktuch lag auf einem Holzrost. Wenn es voll Schnitzel war, wurde das Tuch zusammengeschlagen und mit dem nächsten Holzrost bedeckt. So wurde ein Turm aus vielen Lagen gebaut. Ein von schwarzem Fett glänzender metallener Stempel (oder war es noch ein Gewinde?) presste den Turm zusammen und der Saft floss in Strömen. Eine Pumpe förderte über einen dicken Schlauch den Apfelsaft in unser Fass. Vorn am Schlauch war ein Hahn aus Messing. Manchmal passierte es, dass der Hahn zu früh geöffnet wurde und der Saft spritzte zu meinem großen Vergnügen durch die Gegend. Patschnass waren Fass und Wagen und der Saft floss schäumend auf dem Boden.

Most

Den Wagen und das große lange Fass für den Apfelsaft lieh uns die Mosterei aus. Von Hand zogen wir den Wagen nach Hause. Dort wurde ein Schlauch in das Fass gesteckt und in den Keller gezogen. Onkel Heinrich saugte an dem Schlauch mit dem Mund bis der Saft floss. Dann steckte er den Schlauch schnell, ohne etwas zu verschütten, in das Loch unseres Fasses.

Wenn das Fass voll war, legten wir einen kleinen Sandsack auf das

Loch. Nach einigen Tagen wurde er abgenommen, wenn der Schaum des in Gärung geratenen Saftes aus dem Loch quoll. Wenn das Schäumen schwächer wurde, kam wieder der Sandsack aufs Loch. Es gab noch keine gläsernen „Gluckser" mit Schnaps. Erst wenn das Gären zu Ende war, wurde das Loch mit einem mit Stoff umwickelten Holzstopfen verschlossen. Wir tranken mit Begeisterung den Apfelsaft und eine gewisse Zeit auch den schäumenden, saurer werdenden Most.
Durch das Sandsäckchen drang das Gärgas. Es fliegt nicht wie das Gas im Luftballon in die Höhe, sondern sinkt zu Boden. Beunruhigend fand ich, dass Gas schwerer sein kann als die Luft. Es bildet einen unsichtbaren See und wer mit der Nase unter seine Oberfläche kommt, der fällt tot um. Bevor er etwas riecht. Ich war erschrocken über soviel Heimtücke des Mosts. Zum ersten Mal hörte ich den Belehrungen meines Onkels aufmerksam zu. Und ich achtete darauf, dass im Keller alle Türen und Fenster offen waren, solange der Most gärte.

Einen guten Most zu machen war eine Kunst. Es gab verschiedene Rezepte. Unbedingt nötig, war, dass die Äpfel in den Säcken eine Zeit stehen blieben, einige angefaulte Äpfel förderten das schnelle Gären. Wunderlich fand ich, dass saure ungenießbare Mostbirnen beigemischt werden mussten, um den Most süßer zu machen. Von einem Bauern hörte ich, dass er den Saft von Holunderbeeren in das Fass schüttete, um den Most rötlich zu färben. Damit er aussah wie Trollinger.

Mostköpfe

Most war Alltagsgetränk, manche tranken ihn wie Wasser. Bei einem Bauern trank ich Most zum zweiten Frühstück, Mittags und Abends. Er wurde in einem großen Krug frisch aus dem Keller geholt. Keinen Most gab es zum Frühstück und auch nicht nachmittags zum Kaffee und Kuchen. Ein „Moschtkopf" wurde der genannt, der es mit dem Mosttrinken übertrieb und dem man es ansah. Ich erlebte die Mostköpfe als verlangsamt, leicht verblödet, aber meist freundlich. Es gab aber auch leicht aufbrausende, die sofort ein großes Geschrei machten.

Beim Uhrmacher Pharion

In der ersten Zeit nach unserer Flucht wohnten wir bei dem Uhrmacher Carl Pharion, gleich neben der Sonne-Post. In seinem Laden war es voll von Uhren. An den Wänden hingen die Uhren mit Pendel und Gewichten an langen Ketten. Im Regal standen die runden Wecker auf ihren drei Beinen und die Uhren für die Kommode. In den Vitrinen lagen die Armbanduhren in mit Samt ausgeschlagenen Schachteln. Es gab sogar Standuhren, die ihre Pendel und Gewichte hinter geschliffenem Glas halb verbargen. Viele Uhren waren aufgezogen und liefen. Sie tickten laut und leise, rasend schnell die Wecker, zum Mitzählen langsam die Standuhren. Die Uhren waren nicht gestellt. Sie schlugen die Zeit völlig verschieden. Wenn ich wollte, dann konnte ich eine Uhr heraus hören. Doch wenn meine Anstrengung nachließ, dann umfing mich das Ticken und Schlagen wie eine an- und abschwellende Woge.

Ich durfte mit meinem Onkel Pharion hinter dem Ladentisch stehen, wenn Kundschaft kam. Selten kaufte jemand eine Uhr. Meist kamen die Leute, weil sie eine Uhr in Reparatur gegeben hatten. Die Uhr war stehen geblieben. „Uf oimol" (plötzlich, auf einmal). Onkel Pharion blickte mit einem ins Auge geklemmten Vergrößerungsglas ins Innere der Uhr, zerlegte sie und ölte sie mit fünf verschiedenen Ölen. Damit sie wieder richtig ging, musste die Unruh neu eingestellt und der Gang beobachtet werden.
Wenn die Leute zum Abholen kamen, dann war die Uhr nie fertig. Mein Onkel sagte in bedächtigem Ton, dass sie noch „bobachtet" werden muss. Diese Beobachtung dauerte. Wenn die Kundschaft nach einer Woche wieder kam, dann hörte ich wieder von Onkel Pharion, dass er die Uhr noch „bobachten" muss. Ich freute mich schon auf das komische Wort. Gelogen war es nicht, aber richtig wahr auch nicht. Wie lange er noch „bobachten" musste, das lag ja an ihm. Zwischen Wahrheit und Lüge lernte ich so noch etwas Drittes kennen: Eine Ausrede, die wahr ist.

Gerüche und Klänge alter und neuer Zeiten

Westminster Schlag

In den Wohnungen stand früher in jedem Zimmer eine Uhr. Das Ticken der Uhren hörte ich nicht. Es war so alltäglich wie das Gackern der Hühner oder die Geräusche des Winds. Die Uhren mussten täglich aufgezogen werden. Bei den großen Uhren, die auf der Kommode standen oder an der Wand hingen, reichte es, wenn man sie einmal die Woche aufzog. Sie hatten zwei Schlüssellöcher zum Aufziehen. Das eine für das Uhrwerk, das andere für die Glocken, die im Inneren ihres polierten Holzgehäuses erklangen. Die Uhr schlug jede viertel Stunde. Die ganze Stunde verkündeten sie mit dem „Westminster Schlag" nach dem Vorbild der Glocken von Westminster in England, dann folgte feierlich zum Mitzählen die Stundenzahl. Diese Uhren gaben nie Ruhe. Zum Glück standen sie nur im Wohnzimmer, in dem sich selten jemand aufhielt.

Das Schwäbische hat für die Zeit seine eigenen Worte gefunden. 2:15 heißt nicht viertel nach zwei, sondern viertel drei, 2:30 heißt halb drei und 2:45 deshalb dreiviertel drei. Die Stunde ist nicht vergangen, sondern sie ist noch nicht ganz da. Eine Idee, die mir schon immer gefiel. Die Zeit verrinnt nicht. Das ewige Ticken und Läuten hat ein Ziel. Auch wenn es nur der nicht endende Westminster Schlag ist.

Technik, vaterlos.

Onkel Robert war gegen den elektrischen Händetrockner der Murrhardter Firma Schumm. Bei einer Familienfeier eröffnete er mir das auf dem Abort (Klo). Seit Mitte der 50er Jahre verbreitete sich der weiße Metallkasten in den Toiletten der Gastwirtschaften. Darin befand sich ein Fön, der auf Knopfdruck mit gewaltigem Geheul startete und warme Luft nach unten blies. Der Abort, ein Ort nach vielen Türen und Gängen, irgendwo, nicht weit vom Stall, begann sich damals zu verwandeln. Er hieß jetzt Toilette oder WC, wurde gefliest, der Wasserkasten mit der Kette wurde abgebaut. Nach dem Druck auf einen Hebel, auf dem NIL stand, wurde die Klospülung zu einem Ereignis. Kurz und kräftig an- und abschwellend rauschte das Wasser. Auch diese Erfindung kam aus Murrhardt, von der Firma Gamper.

Onkel Robert war gegen den elektrischen Händetrockner, weil die Hände nach dem Trocknen mit dem Fön warm würden. Er wollte, dass seine Hände kalt blieben. So kalt wie nach dem Waschen mit dem kalten Wasser. „Mit dem Handtuch reibe ich sie mir selber warm." So wolle er das. Das war das erste Männergespräch, das ich mit Onkel Robert führte. Heute denke ich daran, bei jedem Händewaschen. Mich wundert die Regelmäßigkeit, mit der sich diese Erinnerung einstellt. Ich drehe das warme Wasser ab, das es damals noch nicht gab, kühle meine Hände mit dem kalten Wasser und sehe Onkel Robert vor mir stehen mit seinen breiten Schultern, den blonden Haaren, die er glatt auf dem Kopf zurück strich. Er lacht, die hellen Augen strahlen in seinem breiten Gesicht.
Zum ersten Mal fühlte ich mich ernst genommen. Er sagte etwas, das ich verstand. Etwas, das mein Urteilsvermögen nicht überforderte. Nichts zu Mozart und Wein.
Schade, dass ich nie mit ihm über Tiere geredet habe. Nie habe ich von ihm erfahren, was er im Inneren der Kuh gemacht hat, wenn sein Arm bis zur Achsel in ihrem Leib steckte. Warum musste so gewaltig an den Beinen des Kalbes gezogen werden? So musste ich zufrieden sein mit dem Gespräch über das kalte Wasser und den Fön von Schumm.
Schumm hatte nicht nur den Fön, sondern wie auf Befehl von Onkel Robert auch ein Abrollgerät für Stoff-Handtücher erfunden. Auch hier prangte ein großer Knopf auf dem weißen Kasten. Wenn ich darauf drückte, klickte es und ein Stück weißen Handtuchs ließ sich abrollen. Das Stück war fürs Händetrocknen zu kurz. Mindestens zwei Stücke waren nötig. Doch die gab der Apparat erst nach einer längeren Bedenkzeit frei. Erst dann reagierte er auf erneutes Drücken des Knopfs. Wie wurde diese Verzögerung bewirkt? Das Ticken einer Uhr war nicht zu hören. Ich hätte das Gerät gerne zerlegt, um Schumms Erfindung zu durchschauen.

Autos

Der Gestank der Autos hat mich in meiner Kindheit nie gestört. Das hat sicher einen Grund darin, dass es bis Ende der 50er Jahre wenige Autos gab. Ich erinnere mich an die Motorräder mit Zweitaktmotor und die Lkws, die lange Rauchfahnen hinter sich her zogen. An den Geruch der Abgase erinnere ich mich nur bei einem klappernden, stinkenden Holzvergaser. Er war eine Sensation und viel zu selten unterwegs.

Autoabgase waren für mich kein Gestank. Im Gegenteil. Wir liebten die Autos. Die größten am meisten. Es gab ein beliebtes Kinderspiel, bei dem „gehörten" dem einen die von links kommenden Autos, dem anderen die von rechts. Sieger war, wem die meisten und teuersten Autos gehörten. Ein großer Auspuff, oder gar zwei, waren ein Qualitätsmerkmal.

Kühe und Autos

Die Arbeiter in den Fabriken kamen mittags zum Essen nach Hause. Sie behielten ihren Arbeitsanzug, den „Blauen Anton" an und gingen zu Fuß oder fuhren Fahrrad. So störten die Bauern mit ihren langsamen Kuhgespannen den Verkehr nicht. Doch auch in den 60er Jahren, als die Arbeiter schon mit dem Auto nach Haus zum Essen fuhren, gab es immer noch Bauern mitten in Murrhardt. Ein Bauer verursachte mit seinem Kuhgespann regelmäßig mittags einen Stau auf der Hauptstraße. Er störte nicht nur. Absicht wurde ihm unterstellt. Der macht das „grad zum Fleiß" (absichtlich). Muss der denn auch gerade mittags mit seinen Kühen alle aufhalten.

Meine Tiere

m Carl-Schweizer Museum Murrhardt: Bison und Indianer

Meine Tiere

Schnecken

Zwei Spielkameraden von mir liebten es, auf Schnecken Salz zu streuen. Die Schnecken schäumten, krümmten sich und starben. Ich stand interessiert daneben. Ich habe nicht mitgemacht. Hoffe ich. Vielleicht habe ich nur deshalb nicht mitgemacht, weil es keine Mutprobe war, sondern nur so nebenbei, zum Spaß gemacht wurde. Nicht so ganz sicher bin ich mir, ob ich auch ein Tierquäler war. Die armen Schnecken beginnen in meiner Erinnerung kaum zu schäumen, und schon schiebt sich ein klappernder Holzvergasers vor meine Augen. Vor dem Laden, an dem die Quälerei stattfand, hielt öfter ein LKW mit Holzvergaser. Hinter dem Führerhaus hatte er einen runden Kessel (wie ein großer Badeofen), in den Holzschnitzel eingefüllt wurden. Sie wurden angezündet und mussten „vergasen". Wenn der Deckel auf dem oben herausragenden Rohr gleichmäßig „klapp, klapp, klapp" machte, konnte der LKW stinkend losfahren.

Pfausgrotten küssen.

Mit dem Sohn des Apothekers, mit dem ich sonst nicht spielte, hatten wir eine Insel im Trauzenbach zu unserem Reich erklärt. Die Insel war gleich hinter dem Freibad, sie war unser Geheimnis. Wir richteten eine Landschaft ein. Mit Gräben, kleinen Teichen, durch die wir aus dem Bach abgeleitetes Wasser laufen ließen. Und in den Teichen auf der Insel bauten wir wieder Inseln, die wir mit Grasbüscheln bepflanzten. In die Teiche setzten wir kleine Fische, Molche und Larven ein, die wir unter den Steinen im Bach fanden. Als Bewohner der Insel waren besonders Kröten wichtig. Die großen, braunen, warzigen Geschöpfe wurden „Pfaudeln" oder „Pfausgrotten" genannt.
Uns gefiel es, die Pfaudeln zu küssen und dabei dem Blick ihrer glotzenden Augen stand zu halten. Wenn Mädchen dabei waren, nahmen wir die Pfaudeln nach dem Küssen in den Mund. Den Mund machten wir dabei nicht ganz zu. Ein Arm oder das Maul der Pfaudel musste noch zwischen unseren Lippen herausgucken. Dann boten wir sie den Mädchen zum Küssen an. Die Mädchen ta-

Meine Tiere

ten uns immer den Gefallen und schrien vor Entsetzen.

Molche waren in meiner Kindheit nichts Seltenes. Im Alleenseele auf dem Linderst gab es Feuersalamander, Kammmolche und Molche mit einem rotem Bauch. Wir fingen sie, betrachteten sie von allen Seiten, leckten ihr Maul ab und setzten sie wieder in den Teich. Mich rührten ihre langsamen Bewegungen im Trockenen, wie sie sorgsam, abwechselnd die Beine vorsetzen und sich dabei krümmen mussten. Ihnen wenigstens, da bin ich mir sicher, haben wir nichts getan. Sie kamen auch nie in ein Einweckglas wie die Kaulquappen. Sie lebten darin meistens nur so lange bis sich die vorderen Froschbeine zeigten.

Grillen

Grillen fangen war überraschend einfach. Wir horchten und suchten den Platz, wo sie grillen, so fanden wir ihr Loch. Mit einem langen Grashalm stocherten wir in dem Loch herum. Das muss die Grille so beunruhigt haben, dass sie aus dem Loch heraus kam. Dann gruselten wir uns wohlig über ihre Hässlichkeit. Grillen waren Unholde aus einem finsteren Reich. Das bewahrte sie vor dem üblichen Schicksal, gefangen und in Schachteln gesteckt zu werden.

Insele

Am Zusammenfluss der Murr und des Dentelbachs lag ein ungenutztes dreieckiges Stück Land. Obwohl wir dorthin über die Straße kommen konnten, war das unser „Insele". Denn wir betraten sie nur barfuß durch die Murr watend. Mitten im Ort waren wir hier völlig allein. An der Spitze der Insel, wo die Murr und der Dentelbach zusammen flossen, hatte sich durch die Strömung ein tiefes Loch gebildet, ein „Gumpen". In ihm badeten wir.
Im Steinewerfen hatten wir große Geschicklichkeit erworben. Vögel trafen wir jedoch nicht. Ich war deshalb erschrocken, als ich auf der Insel einen Vogel traf und er vom Ast auf den Boden fiel. Er lag da, mit ausgestreckten Beinen und regte sich nicht mehr. Ich versuchte ihn wiederzubeleben. Die Federn waren nass und ver-

Meine Tiere

klebt, das Blut floss aus seiner Brust. Wir gruben mit den Händen ein kleines Grab in die Erde, legten den Vogel hinein, deckten ihn zuerst mit Blättern, dann mit Erde zu. Aus Ästchen banden wir ein Kreuz und steckten es ans Kopfende. Die kleine Insel ist seither für mich rießengroß geworden, mit einem Grab wurde sie zu einem Reich. Es war geheim, nur uns Kindern bekannt.

Mein Onkel Heinrich legte ein Huhn auf den Hackklotz und schlug ihm mit dem Beil den Kopf ab. Das Blut spritzte. Ließ er es deshalb los? Das Huhn flog ohne Kopf über die Murr und stürzte auf die Insel. Ich musste es holen. Das Huhn ging ein in meine Geschichte des Inselreichs.
Damals kannte ich schon Störtebecker, den gewaltigen Held, der enthauptet und ohne Kopf an 12 seiner Leute vorbeimarschierte und sie befreite. Das war schon etwas. Aber was war es gegen ein Huhn, das ohne Kopf über die Murr flog?

Ein Schandfleck auf der geheimen Geschichte der Insel war das Entenjagen. Die Sonne Post hatte Enten, die in der Murr gründelten. Wir stellten uns auf beide Ufer der Murr und jagten die Enten hin und zurück. Ich weiß nicht mehr, ob wir dabei auch Steine warfen. Die Geschichte wurde ruchbar und endete mit Schlägen von meiner Mutter. Die Enten taten mir nicht leid. Die Schläge schmerzten mich nicht. Doch ich litt darunter, dass ich mein Inselreich in den Dreck gezogen hatte.

Hühner.

Ich konnte ein Huhn einschläfern. Mit diesem Kunststück hatte ich große Erfolge. Dabei war es ganz einfach. Ich steckte den Kopf des Huhns unter den Flügel, drückte die Flügel fest zusammen und wiegte, schaukelte das Huhn hin und her. Wenn ich es nach einigen Minuten Schaukeln auf den Boden legte, blieb es mit dem Kopf unter dem Flügel wie tot liegen. Ich liebte die erstaunten Schreie meiner Zuschauer, wenn das Huhn zu sich kam, verwirrt den Kopf schüttelte, mit den Flügeln flatterte und gackernd davon rannte.

Meine Tiere

In einem Jahr herrschte eine große Maikäferplage. Die Käfer fraßen die Buchen im Wald kahl. Die Volksschulklassen mussten in den Wald und die Maikäfer sammeln. Meine Klasse zog in den „Linderst". Wir schüttelten die Äste mit Stangen und sammelten die Käfer in Säcken. Die vollen Säcke mit den wimmelnden Käfern wurden zugebunden und auf Wagen geladen. Von dem weiteren Schicksal der Käfer hörte ich nur, dass sie von Bauern an die Hühner verfüttert würden. Doch nicht zuviel, so hieß es. Denn sonst würden die Eier nach Maikäfer stinken.

Ruiniert wurde mein Bild von den Hühnern durch unsere eigene Hühnerhaltung. Seither liebe ich die Hühner nicht mehr. Das hatte nicht nur mit meinem Job dabei zu tun. Ich musste den Stall putzen. Der Hühnerkot ekelte mich. Schlimmer noch waren die kalten Augen der Hühner. Sie drängten sich im kleinen Auslauf am Schuppen unseres Siedlungshauses. Sie pickten sich und gackerten böse. Ich wollte es nicht sehen, wenn ein Huhn dem anderen mit einem schnellen Hieb den Schnabel in den Hals schlug. Die Hühner wurden von einem Händler gekauft. So lange sie noch Federn hatten, waren es weiße Hühner, mit dem fürchterlichen Namen „Leghorn". Eins sah aus wie das andere. Sie waren nur zum Eierlegen da. Wenn die Eier versiegten, wurden sie geschlachtet. Im Hühnerfutter von der Firma „Muskator" war Fischmehl. Dieses Futter hieß „Legemehl". Manchmal stanken die Eier nach Fisch. Dann bekamen die Hühner etwas weniger Legemehl und mehr Getreide und Küchenabfälle.
Der Ekel vor dem Gestank beim Stallausmisten ist nur die halbe Wahrheit. Schlimmer war, dass die Hühner flatterten, wenn ich in dem engen Stall hantierte, sie wirbelten den Kot auf, flogen mir um den Kopf, drängten sich immer dort zusammen, wo sie nicht sollten und veranstalteten ein ohrenbetäubendes Gegacker. Ich verfluchte diese Hühner. Die Wut stieg in mir hoch. Ich weiß nicht, was mich damals davon abhielt, die Hühner zu treten oder mit der Schaufel drauf zu schlagen.

Wir hatten nie eine Glucke, die ihre Küken spazieren führt, nie einen Gockelhahn. Vielleicht hätte ich mich mit denen anfreunden können.

In der kleinen Küche unseres Siedlungshauses stand der Käfig mit dem Kanarienvogel. Er hieß immer Peter. Seine Laute und die der Hühner konnte ich täuschend ähnlich nachmachen. Von den 25 heute von der Wissenschaft identifizierten Lauten der Hühnersprache beherrschte ich mindestens fünf. Besonders liebe ich bis heute den Laut, mit dem die Hühner ausdrücken, dass sie satt und zufrieden sind.

Fische

Guppies und Goldfische hatten in meinem Aquarium kein langes Leben. Öfter sprangen die Fische aus dem Aquarium. Das erinnere ich deshalb so gut, weil mir zum Staunen der Familie manchmal die Wiederbelebung der schon tot geglaubten Fische gelang. Die Wiederbelebung war eines der Betrugsmanöver, die ich schon als Kind beherrschte. Ich steckte die toten Fische in ein Einmachglas mit frischem Wasser, schüttelte das Glas, drückte an den Kiemen herum, öffnete das Fischmaul. Den Trick hielt ich geheim. Staunen konnte die Familie dann, wenn ich die Fische ins Aquarium schüttete und sie, wie durch ein Wunder, wieder schwammen.
Ausdruck besonderer Liebe zu den Fischen war das nicht. Einmal fing die Katze von Zügels einen Fisch aus dem Aquarium. Ich bewunderte ihre Geschicklichkeit. Sie war wasserscheu. Ohne sich nass zu machen gelang es ihr mit ihren ausgefahrenen Krallen einen Fisch zu erwischen, ihn auf den Boden zu schleudern und dann aufzufressen.
Es gab getrocknete Wasserflöhe als Fischfutter zu kaufen. Billiger war es sie selber zu fangen. Mit einem zum Netz um einen Draht gezogenen Teil eines Nylonstrumpfs fing ich Wasserflöhe im Feuersee. Solche Nylonstrümpfe wurden ausrangiert, wenn sie nicht mehr zu reparieren waren. Denn wenn ein Nylonstrumpf nur eine Laufmasche hatte, wurde er in einen Laden gebracht, der ihn „einschickte", zum Ketteln. Den Strumpf brauchte ich nur im Wasser hin und her zu schwenken, schon hatte ich einen ganzen Klumpen voller Flöhe, die ich im Einweckglas nach Hause brachte.

Kühe

Besonders liebte ich den Kuhstall von Sammets in Siebenknie. Wenn wir nach dem langen Fußmarsch durch die Kälte oben auf dem Berg ankamen, dann freute ich mich schon auf den Moment, wenn wir die Stalltür öffneten. Die warme Luft umfing mich, heimeliger als in jeder Stube. Der Kuhstall war halbdunkel und warm. Die Kühe standen in einer Reihe und blickten uns an. Aus dem riesigen, warmen Leib der Kuh kam die Milch. Mit der Hand gemolken spritzte sie in den Eimer. Die Kuh brummte und blickte mich an. Mit ihrer langen, rauen Zunge leckt sie sich den Rotz aus den Nasenlöchern, leckt mich an der Lederhose, das gefiel mir. Nur wenn sie mir mit der Zunge übers Gesicht fahren wollte, wehrte ich das ab. Das Heu in der Raufe duftete. Ich hielt der Kuh einen Büschel Heu vor das Maul und beobachtete, wie sie mit ihrer langen Zunge den Büschel in meiner Hand geschickt umschlang, in ihr Maul zog, langsam darauf herum kaute und dann hinunter schluckte. Wenn ihr dann ein langer Faden Spucke aus dem Maul lief, ermahnte ich sie. Putz dir die Nase. Doch sie blickte mich an, stand ruhig da und folgte mir nicht. Ich musste lernen, dass die Kuh mit ihrem Schwanz oder dem gehörnten Kopf plötzlich nach einer Fliege schlägt. Sie hätte mich verletzt, mit Mist bespritzt, ohne es zu wollen. So wurde mir die Kuh vertraut und fremd zugleich. Dabei hätte ich die Kuh so gerne als mein Kuscheltier gehabt.

Kühe unterwegs

Das Bild der Kuh ist für mich immer verbunden mit dem Kuhgespann, das langsam die Straße dahin zog. Aus der Kuh platschte die Scheiße auf die Straße. Mein Schulkamerad R. konnte das täuschend ähnlich nachahmen. Er klatschte in die Hände und wir hörten wie die Kuhfladen auf die Straße platschten, anfangs schnell und laut, mit abnehmender Menge langsamer und leiser. An die Grenzen seiner Schauspielkunst kam er erst, wenn die Kuh nach ihrem Geschäft das Arschloch wieder zusammen klemmte und den Schwanz darüber senkte. Selbstverständlich und ungeniert.
Die Kühe kamen aus dem dunklen Stall. Dort standen sie angebunden, das ganze Jahr. Weidehaltung war in Württemberg nicht ver-

breitet. Die heute übliche Verachtung der Anbindehaltung ist dennoch ungerecht. Denn es dauerte, bis das Kuhgespann irgendwo ankam. Es dauerte, bis der Wagen ab- und wieder aufgeladen war. Da kamen viele Stunden zusammen, die das Tier in Licht und Sonne verbrachte, sich durch Bewegung kräftigte, seine Klauen auf der harten Straße abnutzte.

Meine Mutter wird ohnmächtig

Mein Schulkamerad Ernst liebte die Gedichte Benns, besonders die aus dem Leichenschauhaus. Meine Faszination dauerte nicht lange. Denn vom Schlachthof in Backnang wusste ich schon als Kind, dass der Tod und das Totschlagen vor dem Sezieren der Leiche kommt. Eine Geschichte meiner Mutter verfolgte mich. Selten offenbarte sie mir ihre Gefühle. Es gab jedoch Ausnahmen. Sie schüttelte sich vor Entsetzen, wenn sie vom Beginn ihres Medizin-Studiums in Bukarest erzählte. Im ersten Semester musste sie Frösche töten. Dazu musste sie dem Frosch mit einer Nadel in den Kopf stechen und mit der Nadel im Gehirn herumrühren bis er aufhörte zu zucken. Dann sollte sie den toten Frosch sezieren. Ihr wurde schlecht, sie wurde ohnmächtig. Was war es, was sie so erschreckte? Für eine Bauerntochter war das Töten Alltag. Das Geflügel unterstand ihrer Mutter. Im Fotoalbum gibt es ein Foto auf dem meine Großmutter mit ihren Töchtern in guter Laune den toten Hühnern die Federn zupfen. Warum wurde sie ohnmächtig bei den Fröschen und nicht bei den Hühnern? Das hat mir meine Mutter nie erklärt. Doch seither stand für mich fest, dass man beim Töten von Tieren ohnmächtig werden kann.

Voss-Margerine

In der Bäckerei Wanner gab es zu jedem gekauften Pfund Voss-Margerine ein Sammelbild. Das waren wunderschön gezeichnete farbige Tierbilder im Format A5. Auf der Rückseite stand eine ausführliche Beschreibung der Lebensgewohnheiten der Tiere. Ich klebte die Bilder in ein großes grünes Album ein. Doppelte Bilder wurden getauscht. Das Album füllte sich langsam. Schmerzlich waren die Lücken, die sich nicht füllen wollten. Eines der begehr-

Meine Tiere

testen Tiere wurde deshalb die Forelle. Ich musste mindestens fünf Bilder im Tausch hergeben um sie endlich zu bekommen. Darunter waren der auch der sehr wertvolle Fuchs und das Zebra.

Mit Verachtung blickte ich auf die Sammler der Sanella Bilder herab. Das waren schlecht gezeichnete Bilder mit Szenen aus aller Welt, in hässlichen Farben, lila und viel schwarz. Die Bilder waren auch noch klein. Sanella Margerine hätte ich nie gegessen. Ich überredete meine Mutter dazu, nur Voss Margerine zu kaufen. Als Unrecht empfand ich, dass die Voss Margerine vom Markt verschwand und Sanella übrigblieb.

Margarine- **Voss** -Kunstbilder   Bachforelle — Salmo (Trutta) fario

Meine Tiere

Bison und Indianer

Oberhalb des Stadtgartens, gleich neben dem Feuersee, steht das Schweizer Museum, das Lebenswerk des Tierpräparators Schweizer und seines Sohnes Rolf. Es war das erste Museum meiner Kindheit. Es wurde später von keiner Pinakothek übertroffen. Man geht durch verschiedene Panoramabilder aus den verschiedensten Teilen der Welt. Auch im Sommer habe ich in der Arktis immer gefroren. In fahlem Nordlicht sitzen Pinguine und Möven auf Felsen aus bemalter Pappmaché. Wärmer wird es im deutschen Wald. Hier fangen junge Füchse einen Zitronenfalter. Die Wildsau säugt ihre 15 gestreiften Frischlinge. Nie an Temperaturen gedacht habe ich in der Prärie. Hier kämpft ein Indianer mit einem Bison.

Zu jeder Tiergruppe gibt es eine Geschichte, die Herr Schweizer in dem drolligen Honoratioren-Schwäbisch (Hochdeutsch in schwäbischer Artikulation) ausbreitet, das ich schon als Kind komisch fand. Tragisch ist die Geschichte vom Rakelhahn. Er sitzt balzend auf einem Ast und vergisst dabei alle Vorsicht vor den Jägern. Dabei ist seine ganze Gesangskunst ein vergeblicher Liebeswahn. „Des isch an Hybrid", kombiniert aus einem Auerhahn und einem Birkhuhn. Der kann keine Nachkommen erzeugen. Wie das Maultier stammt er aus verschiedenen Rassen, aus denen er immer wieder neu erzeugt werden muss. Doch warum balzt er dann, wenn keine neuen Rakelhähne bei seinem Liebeswerben herauskommen? Das Entsetzen packte mich bei den Lemmingen. Die rennen zu tausenden vorwärts, immer weiter, ob ein Bach kommt oder ein Fluss. Sie marschieren weiter über ihre ertrunkenen toten Artgenossen. Im Schweizer Museum sind sie am blauen Meer angekommen, 15 ausgestopfte Lemminge und eine lange Schar gemalter. „Was dean (tun) se jetzt?" Die marschieren weiter und verrecken alle.

Vor dem Bison im Kampf mit dem Indianer erreichte Schweizers Erzählkunst ihren Höhepunkt. Der Indianer hat alle Pfeile verschossen. Nun liegt er am Boden, der Bison mit den Pfeilen im Rücken steht über ihm und setzt zum Todesstoß mit seinen Hörnern an. Der Indianer, in der linken Hand den Bogen, hält in der rechten ein großer Messer. Er holt aus, um auf den Bison einzustechen.

Der Bison ist ein ungeheures, zottiges Tier, ich höre ihn schnauben. Der Indianer trägt Leggings und Mokassins aus weichem und besticktem Leder. Sein Oberkörper ist schön modelliert, er ist muskulös und sehnig, in samtigem Rot gefärbt. „Was moinet ihr, wer gwennt?" Wer wird siegen? Ich konnte mich nie entscheiden, auf welcher Seite ich stehe.

Bis heute ist das für Kinder ein Problem. Rolf Schweizer erzählte mir heute vom Rätselraten der Kinder. Was hat der Indianer mit dem Messer vor? Für mich war klar, dass er dem Bison die Kehle durchschneiden will. Diese Idee entsetzt Rolf Schweizer. So etwas hätte er noch nie von Kindern gehört. Die Kinder heute vermuten, dass er dem Bison ins Auge sticht. Doch dann, so erwidern die anderen, hat der Bison ja noch ein zweites Auge und wird erst richtig wild. Eine andere Spekulation ist, dass der Indianer den Bison mit dem Messer am Maul kitzelt. Dann muss der Bison nießen und der Indianer kann weglaufen.

Onkel Robert, Tierarzt

Bis zur Schulter in der Kuh

Onkel Robert war Amtstierarzt, er wohnte in einer Dienstwohnung mitten im Backnanger städtischen Schlachthof. Vor dem Haus stand sein schwarzer hochbeiniger Opel P4. Damit fuhr er zu den Bauern, denn er betrieb neben der Aufsicht des Schlachthofs auch noch eine Privatpraxis. Ich durfte mitfahren im Opel, wenn er von den Bauern gerufen wurde. Er spritzte Schweine mit einer gewaltigen Spritze. Doch meist wurde er gerufen, wenn die Kuh das Kalb nicht gebären konnte. Er begann damit der Kuh den Darm auszuräumen. Nicht endende Massen von grüner Scheiße schaufelte er mit seiner bis zum Ellenbogen tief in die Kuh gesteckten Hand heraus. Dann wusch er sich gründlich die Arme mit heißem Wasser und Seife. Vorsichtig tastete er sich mit einer Hand in die Kuh. Er streckte sich und sein Arm verschwand bis zur Schulter in der Kuh. Da drinnen arbeitete er herum und brachte dann die beiden Vorderfüße des Kalbes ans Tageslicht.
Sein Blick streifte mich, er wollte wissen, ob ich zusehe. Zusammen mit dem Bauern zog er an den Vorderfüßen, stützte sich mit einem Bein an der stöhnenden Kuh ab. So zogen sie das Kalb heraus, ließen es langsam ins Stroh gleiten. Der Bauer wischte mit Stroh dem Kalb den Schleim aus der Nase. Das Kalb schüttelte den Kopf, rotzte den Schleim von sich und begann zu atmen. Die Kuh wurde losgebunden und begann das nasse und schleimige Kalb ruhig und gründlich trocken zu lecken. Onkel Robert wusch sich wieder in der Waschschüssel die Arme, lachte breit und schallend. Dann rief er mir zu: „Da hättest du nicht dabei sein sollen. Jetzt willst Du nicht mehr Tierarzt werden." Dabei war er stolz und ich habe selten jemanden so bewundert wie meinen Onkel. So einer wollte ich werden.

Im Schlachthof

Alles hätte mit mir einen anderen Fortgang genommen, wäre nicht

Onkel Robert, Tierarzt

der Backnanger Schlachthof gewesen. Ich sah beim Schlachten zu, obwohl es mir verboten war. Männer trieben Schweine und Rinder aus dem Wagen in einen trichterförmigen Holzverschlag. Sie schlugen mit Knüppeln und stachen mit Mistgabeln auf die Tiere ein. Die Schreie der Männer und Tiere mischten sich. Hinter der Öffnung des Verschlags stand ein Mann mit einer Elektrozange, zwei andere hielten das Schwein fest. Mühsam wurde die Elektrozange richtig auf den Kopf gesetzt. Nach dem betäubenden Stromstoß brach das Schreien des Tieres ab, doch es zuckte weiter. Ab hier verlässt mich mein Erinnerungsvermögen. Ich habe mehrmals zugesehen und weiß trotzdem nicht genau, wie es weiterging. Wurde das Schwein mit einem Haken im Hinterbein hochgezogen, ins Fließband eingeklinkt und in das kochende Wasser getaucht? Oder wurde es zuerst mit dem Messer abgestochen? Der Zusammenhang meiner Welt löste sich auf, wie beim Heulen der Sirenen.
Ich weiß nur, dass das Schwein nach der Betäubung noch lange weiter zuckte, sich krümmte, um sich schlug. Der Mann mit der Elektrozange stand ruhig da. Waren die Tiere bewusstlos, bevor es mit dem Schlachten weiterging? Rinder hingen mit einem Bein am Haken, sie blickten mich ruhig an, mit aufgerissenen, aber blinzelnden Augen. Sie muhten leise.

Der nächste Mann am Fließband schnitt den Bauch auf, riss die dampfenden Gedärme heraus, schnitt Lunge, Herz, Leber und Nieren ab und warf sie in verschiedene Bottiche.
Wenn ich das überstand und nicht weglief, verfolgte ich interessiert das Zerlegen der Tiere auf den Tischen. Es war genauso wie in dem Ausklappbild des Gesundheitslexikons, das wir im Dachboden des Wolkenhofs fanden. Ich staunte über die Genauigkeit, mit der die Metzger das Messer führten und die Muskeln, Sehnen, Speck, Knochen voneinander trennten. Ohne sich zu schneiden.
Onkel Robert kam zur Fleischbeschau, er betrachtete die Innereien und suchte zwischen den Muskeln. Dann drückte er einen blauen runden Stempel auf die Keule des Tieres. Nun war es „trichinenfrei". Damals hatte ich dauernd wechselnde Berufswünsche. Onkel Robert hatte Recht. Tierarzt war nicht mehr dabei.

Onkel Robert, Tierarzt

Mozart

Onkel Robert und Tante Therese zogen ein paar Jahre später aus dem Schlachthof weg in ihren neu gebauten Bungalow am Sonnenhang. Unsere Besuche hier öffneten mir neue Welten. Die Zimmer waren lichtdurchflutet. Noch nie erlebt hatte ich, dass ich durch Fenster nach draußen blicken konnte, in einen Garten mit Apfelbäumen und Rosen. Es war schön hier, es stank nicht mehr nach Schlachthof. Doch trotz der liebevollen Gastfreundschaft, die ich hier erfuhr, verfolgte ich alles mit nicht endendem Unbehagen.
Unser Besuche gingen immer zu Ende mit einem Abendessen. Lydia, das Dienstmädchen servierte. Danach setzten wir uns um die Musiktruhe. Ein Wunderwerk, das braun und glänzend eine ganze Zimmerecke ausfüllte. Die Truhe enthielt nicht nur ein Radio, sondern auch einen Plattenspieler. Onkel Robert öffnete die Türen, eine Lampe schaltete sich automatisch ein und beleuchtete den Plattenspieler. Neben ihm ein Ständer für die Schallplatten. Aufrecht standen darin die Platten, meist mit dem gelben Umschlag der Deutschen Grammophon Gesellschaft.
Onkel Robert liebte Mozart und Beethoven. Nachdem er uns den Namen des berühmten Dirigenten oder des ebenso berühmten Geigers oder Pianisten genannt hatte, hörten wir schweigend mindestens einen Satz. Ich saß blöde auf dem Stuhl, blickte auf meine Schuhe und wusste nicht, wohin ich meine Hände legen sollte. Erträglich waren nur die langsamen Sätze. Dabei konnte ich meinen Gedanken nachhängen.
Später, ich war schon konfirmiert, war das Mozarthören verbunden mit einer Weinprobe. Weintrinken war etwas Feierliches. Onkel Robert holte eine Flasche aus dem Keller, immer eine besondere. Zum Weintrinken waren Kenntnisse erforderlich. Bevor wir tranken, mussten wir wissen, ob das ein Silvaner, Grauburgunder oder Riesling ist. Die Lage, der Jahrgang und der Name des Winzers waren wichtig. Dann begann das „Schlotzen" des Weines. Mit dem Wein im Mund musste man hörbar schmatzen und dann die Luft zwischen den Zähnen hindurch ziehen. Onkel Robert nannte die Düfte, die wir riechen sollten. Ich roch nichts.

Onkel Huber
(Der Tod meines Ersatzvaters)

Meine Märklin Lok, auf selbst gebauter Schiene

Onkel Huber (Der Tod meines Ersatzvaters)

Null-Einser Lok

Ich hatte keinen Vater, dafür aber 12 Onkel. Es hätten sogar 14 sein können, wenn zwei meiner Tanten nicht unverheiratet geblieben wären. Diese Tanten galten deshalb als unglücklich. Der große Teil meiner Onkel stammte aus der engsten Verwandtschaft. Bis auf zwei Einheimische waren alle Bessaraber. Sie mischten sich in unsere Familie ein oder tauchten nur zu Familienfeiern auf. Einige kümmerten sich sogar um uns. Sie luden uns ein, spielten mit mir, zeigten mir ihre Arbeit.

Einer davon war Onkel Huber, seinen Vornamen kannte ich nicht. Die Familie Huber kam aus Stuttgart, war evakuiert und wohnte im Haus des Uhrmachers Pharion. Onkel Huber hatte sich meiner angenommen. Ein märchenhaftes Geschenk zu Weihnachten war sein Werk. Er sammelte in meiner Verwandtschaft Geld und kaufte eine Märklin Eisenbahn. Eine teure Lokomotive (Typ 01), zwei D-Zugwagen, ein Gepäckwagen und fünf schöne kleine Güterwagen konnten damit gekauft werden.

Bei den Schienen reichte das Geld nur für ein Oval und zwei Handweichen. So kam Onkel Huber auf die Idee, die Schienen selber zu bauen. Wir bauten Schienen aus Messingstangen, die wir mit kleinen Nägelchen auf Pressholz befestigten. Besser als beim Original machten wir aus grobem Sand und Leim das Schotterbett. Mit kleinen gefalzten Blechstückchen verbanden wir den Eigenbau mit dem Märklin Original.

Wie ich lernte immer wieder neu anzufangen

Mein Stabilbaukasten war ein Imitat des Märklinbaukastens. Er hatte weniger Teile und keine bunten Platten und Bleche. Um eine Seilbahn bauen zu können, fertigte mein Onkel aus Aluminiumstücken die fehlenden Teile. Auch ohne bunte Bleche errichteten wir daraus ein sich durch das ganze Zimmer spannendes, metallisch schimmerndes Wunderwerk.

Er wurde niemals ungeduldig mit mir und zeigte mir den Umgang mit Werkzeugen und handwerkliche Fertigkeiten wie Biegen, Sägen und Befestigen. Mit scharfen, fast stechenden Augen blickte er

Onkel Huber (Der Tod meines Ersatzvaters)

durch seine dicke Brille auf Werkzeug und Material. Ich ahmte seine Sorgfalt nach, mit der er ein Werkzeug führte und lernte immer wieder neu anzufangen, wenn Schrauben, Scheiben, Muttern mir aus der Hand fielen und über den Boden rollten.

Plötzlich weg.

Mein Onkel war Ingenieur, er arbeitete als Einrichter in einer Plastikfabrik, der Firma Erich Schumm. Als er die Werkzeuge einer Presse einrichtete, setzte sich der Hydraulikzylinder in Bewegung und zerquetschte seinen Kopf. Er war sofort tot.
In Murrhardt wurde über die Unfallursache gerätselt. Warum hat sich die Presse in Bewegung gesetzt? Hat ein Arbeiter den falschen Hebel umgelegt?
Als mein Onkel Huber starb, war ich 12 Jahre alt. Auf seiner Beerdigung war ich nicht. Es war nicht üblich, dass Kinder, außer denen der Angehörigen, auf Beerdigungen dabei sind. Für die Trauer, oder nur um den Schmerz gemeinsam auszudrücken, dafür gab es für uns Kinder keine Form. Die musste jedes Kind selber finden.
Für mich war mein Onkel Huber einfach plötzlich weg.

Kitsch im Kopf

Später, als ich zur Schule in die Kreisstadt fuhr, ging ich täglich in unserem Bahnhof an einem Schaukasten vorbei. Neben dem Trockenbrennstoff „Esbit" waren hier die Pressprodukte der Firma Schumm ausgestellt: Spitzendeckchen aus Plastik, eine Fliegenklatsche und eine Groschenbox. Wenn der Zug Verspätung hatte, stand ich vor dem Kasten, sah mir die neuesten Erfindungen der Firma an. Und dachte darüber nach, ob das Vogelhaus aus Plastik, die Einmalhandschuhe oder die Frühbeet-Folientunnel ein Erfolg werden.
Die Pressprodukte waren in allen Haushalten im Gebrauch. Die Spitzendeckchen lagen auf mit Plastikdecken geschützten Tischen, als Untersatz für Salzlettenständer, Vasen, Trinkgläser. Die Fliegenklatsche (Muggenbatscher) war immer in Reichweite, um die allgegenwärtigen Fliegen tot zu schlagen. Noch Ende der 60er Jahre sah ich in Berlin bei einem Taxifahrer eine Groschenbox der Firma

Onkel Huber (Der Tod meines Ersatzvaters)

Schumm in Gebrauch.

Fasziniert beobachtete ich wie der rührige Erfinder und Fabrikant Schumm einen Föhn zum Hände trocknen, Handtuch- und Seifenspender und später sogar Hörbücher auf Tonkassetten produzierte.

War es dieselbe Presse, die diese mehr oder weniger nützlichen Dinge presste und den Kopf meines Onkels zerquetschte? Dieser Gedanke verfolgt mich. Wie um den Kitsch in meinem Kopf zu vertreiben, suchte ich später nach Onkel Hubers Grab. Ich fand es nicht. Nach Auskunft der Friedhofsverwaltung starb mein Onkel 1953. Das Grab wurde 1988 aufgelöst. Jetzt erfuhr ich den Vornamen meines Onkel Hubers. Er hieß Louis.

Jugend

Bekehrung

Fräulein U., die Religionslehrerin war keine Person, vor der wir uns fürchteten. Sie schlug uns nicht. Darum teilte sie das Schicksal der Kunstlehrerin, Fräulein L.. Über beide lachten wir und folgten nicht.
Fräulein U. hatte sich unsere Bekehrung zur Aufgabe gesetzt. Wir sollten uns zu Gott bekennen. Sie schloss die Tür des Klassenzimmers ab und kündigte an, dass wir erst dann wieder nach draußen dürften, wenn wir uns Gott ergeben. Frl. U. setzte sich auf den Tisch in der ersten Reihe und war uns so ganz nahe. Sie stellte ihre Füße auf den Stuhl. Während sie über die Liebe Gottes und den Tod Jesu sprach, machte sie in ihrem Eifer die Beine breit. Die ganze Klasse blickte unter ihren Rock. Sie hatte eine braune, grob gestrickte Wollunterhose an, die fast bis an die Knie reichte. Ich erinnere mich nicht, dass wir laut gelacht haben. Wir blickten nur gebannt auf die Wollhose. Die zur Bekehrung erforderliche innige Stimmung war dahin.
Erfolgreicher verlief die Bekehrung bei meiner Schwester. Mit Frl. U. fuhr sie nach Bad Boll zu einer „Bibel-Freizeit". Sie bekehrte sich und bekam zum Beweis einen kleinen gefalteten Pass in dem ein Bibelspruch, ihr Bekenntnis und das Datum ihrer Bekehrung stand.
Sie betete jeden Abend und Morgen vor ihrem Bett und rief uns auf umzukehren und uns zu Gott zu bekennen. Erst nach einigen Wochen ließ die Wirkung ihrer Bekehrung nach.

Ich war Mitglied im „CVJM", der kirchlichen Jugendorganisation. Wir trafen uns einmal in der Woche abends im Gemeindehaus. Unser Leiter war besonders fromm, nicht nur ein „Stundenbruder". Er war Mitglied im „EC", dem „Entschiedenen Christentum". Bei ihm sollten wir uns für Gott „entscheiden". Er betete nicht nur mit uns, sondern verfolgte seinen Zweck mit „Jugendarbeit". Eine Tischtennisplatte stand in der Mitte des Raumes. Wir durften spielen. Der

Jugend

Leiter spielte auch und war nicht schlecht dabei. Er lehrte uns einige Tricks wie das „Schneiden" des Balles. Das gelang besonders gut mit den neuen Schlägern, die mit Gumminoppen bezogen waren.
Ein Spiel hatte es unserem Leiter besonders angetan. Es war eine Art „Blinde Kuh". Wir verbanden uns die Augen und gingen tastend um die Tischtennisplatte. Einige von uns bekamen einen Seidenstrumpf, dessen Ende mit einem Stoffballen ausgestopft war. Blind tapsend mussten sie mit dem Strumpf um sich schlagen und versuchen die anderen Blinden zu treffen. Mit diesem Spiel endete der sportliche Teil des Abends und wir setzten uns erhitzt auf die Stühle zum Gebet.

Sexualaufklärung

Im Religionsunterricht wurde Sexualaufklärung angekündigt. Ich erinnere mich nicht mehr daran, ob der Pfarrer die Schmetterlinge als Beispiel wählte. Doch seine Stimme höre ich noch. Mit bitterem Ernst sprach er den Satz aus: „Mit der Sekkssualiteet isch das wie mit einem Fässle Most. Wenn man das zu früh anstricht, dann wird der Most sauer".
Um nicht nach Hause zu müssen, lief ich noch bis spät am Abend durch Murrhardt. Was sollte ich sagen, wenn meine Mutter fragt, was der Pfarrer erzählt hat?
Zum Glück blieb das die einzige Schulstunde zur Sexualaufklärung und meine Mutter verzichtete so lange darauf, bis es zu spät war.
Meine eigenen Bemühungen waren umständlich und lückenhaft. Auf dem Dachboden im Wolkenhof fanden wir ein Lateinisch-Deutsches Wörterbuch, einen „Georges". Die einschlägigen lateinischen Worte fanden wir hier ins Deutsche übersetzt, mit Anwendungsbeispielen. Ich las die Wörter, die ich schon kannte. Jetzt war es bewiesen, es gab diese Wörter, sie entsprangen nicht meiner schmutzigen Phantasie.
Auf dem riesigen Dachboden hatten Generationen ihre Alltagsgegenstände hinterlassen. Besonders interessant waren die aus Glas geblasenen Inhalatoren und Klistire, die in verschiedene Köperöffnungen gesteckt werden mussten. So bekam ich eine Ahnung

über das Innere unserer Organe. Eine Enttäuschung war ein gewaltiges medizinisches Hausbuch. Es zeigte den menschlichen Körper auf Tafeln zum Ausklappen. Leider fehlten hier die interessanten Körperteile.

Im Schwimmbad kam es dann zur ersten Praxis. In benachbarten Umkleidekabinen onanierten wir kollektiv und stachelten uns mit gewaltigem Gestöhne zu wiederholten Leistungen an. Wir waren stolz darauf, wenn der „kalte Bauer" an der Kabinenwand herunterlief. Nur so überstanden wir den aufwühlenden Anschauungsunterricht der Mädchen in ihren ersten Bikinis. Sie waren schon ganz selbstbewusst und ließen sich auch unter Wasser nicht mehr „molchen" (begrapschen). Das „Molchen" praktizierte ich nur bei mir kaum bekannten Mädchen, im Dunkeln. Die Mädchen duldeten es widerwillig. Wir Jungs führten es gemeinsam und demonstrativ aus. Die Wäsche der Mädchen musste rascheln, damit die anderen es auch hörten. Und wenn sie „Hör doch auf" riefen, dann war das die Würze. Hinterher lachten wir darüber.
Bei Schulausflügen in die Tropfsteinhöhlen der Schwäbischen Alb war ich schon weitgehend aufgeklärt. Dass die von unten nach oben wachsenden Tropfsteine Stalagmiten, die von oben nach unten hängenden aber Stalagtiten hießen, das nahm ich schon ganz unerschüttert auf. Und aus den Augenwinkeln blickten wir uns gegenseitig an. Keiner lachte mehr.

Der Teufel aus Murrhardt.

Die Murrhardter wurden eines Nachts durch Glockenläuten aufgeschreckt. Als man in die Kirche eilte, um zu sehen was geschehen ist, fand man die Kirche hell erleuchtet, auf dem Altar lag ein Scheißhaufen, daneben eine aus der Altarbibel gerissene Seite, mit der sich der Täter den Arsch abgewischt hatte. Er verschwand, nachdem er die Glocke geläutet hatte. Ich habe nie gehört, ob der Täter gefasst wurde, wer es war, wie die Strafe lautete. In der Murrhardter Zeitung wurde nie über die unfassliche Tat und ihren Ausgang berichtet. Es musste also noch ein Jenseits der Murrhardter Gesellschaft geben, von dem ich bisher nichts wusste. Wer war

Jugend

der Täter? War das der Teufel? Welche Erfindungsgabe, welche unfassliche Konsequenz in der Reihenfolge der Taten, welch präzise Spekulation auf den Schrecken der Bürger! Eine perfekte Untat, die uns selbst noch die Sprache verschlug, mit der sie weiter erzählt werden könnte. Über die drei Akte dieses Ereignisses konnte ich erst viel später reden. Doch dann in immer denselben Wörtern. Wie einen Alptraum, den man nur wiederholen kann. Manchmal kamen mir Zweifel, ob die Geschichte wirklich stattgefunden hat oder unserer Kinderphantasie entsprang. Entstehen so Legenden? Beim Erzählen sonnte ich mich in den Strahlen, die aus dem Abgrund meiner Kleinstadt hervorbrachen.

Eine Aufklärungsaktion im Kr. Backnang

Backnang. Wiederholt haben in den letzten Monaten Unholde ihr Wesen getrieben. Oft blieb ihr schandhaftes Tun unbekannt, weil sich die verführten Jugendlichen und manchmal auch die Eltern genierten, Anzeige bei der Polizei zu erstatten. Darum wollen jetzt Bezirksschulamt, evangelisches Dekanat, katholisches Pfarramt, Jugendamt und die neue Erziehungsberatungsstelle Backnang eine große Aufklärungsaktion durchführen. In einer Versammlung heute Montag, 14. November, 14.30 Uhr, in der Volksschule Murrhardt werden Lehrer Laiblin vom Psychotherapeutischen Institut und Kriminalkommissarin Schwarz zu den Erziehern des Kreises sprechen. In den Elternversammlungen wird das gleiche Problem beleuchtet werden.

*Unholde in Murrhardt (*Murrhardter Zeitung 11/1955*)*

Jugend

Dreckige Witze im Posaunenchor: der Schwarze Müller und der Knieschuss.

Im Posaunenchor spielte ich für kurze Zeit das Flügelhorn. Den einzigen Höhepunkt dieses Chors erlebte ich bei einem Zeltlager. Mit dem Leiter des Chors, einem Kantor, fuhren wir in einem VW-Bully los. Jeder musste ein Stück der schwarzen Kohte und Kochgeschirr in den Wald schleppen. Wir suchten im Wald Äste und bauten die Kohte auf. Dann sammelten wir Tannenzweige als Unterlage zum Schlafen. Luftmatratzen und Schlafsäcke gab es noch nicht.

Das Wochenende war ereignislos, doch nachts erzählten wir Witze. Die besten Witze kannte der Sohn des Pfarrers.

„Schwarze Müller" Witz: Der Müller der Schwarzen Mühle (einer Mühle außerhalb Murrhardts, auf dem Weg nach Siebenknie), soll einen Kugelbauch von gewaltigem Umfang gehabt haben, groß wie ein Fass. Das war die Einleitung des Witzes. Der bestand dann nur noch aus der Frage, wie der denn eine Frau vögeln konnte, wie der denn sein „Spitzle" dazwischen bekam.

Als wir uns vom Schwarzen Müller erholt hatten, erzählte er den Witz mit dem Knieschuss. Der ging so: Eine Frau kommt zum Doktor und sagt sie sei lebensmüde, sie wolle sich erschießen. Sie wisse aber nicht genau, wo das Herz sei. Sie dürfte doch nicht daneben schießen. Der Doktor erklärt ihr, dass ihr Herz eine Handbreit unter ihrer linken Brustwarze sitzt. Ein Tag später wurde die Frau aufgefunden, mit einem Knieschuss.

Es war schwer, solche Witze zu überleben. Nachts, eng zusammengedrängt in der dunkeln Kohte. In der Pubertät. Wir schrieen hemmungslos.

Am nächsten Morgen, vor dem Gebet eröffnete uns der Kantor mit eisiger Miene, dass er gehört hat, was wir in der Nacht redeten. Er hatte am Zelt gelauscht. Wir hätten dreckige Gedanken. Wir seien sündige Menschen. An die schneidende Kälte seiner Ansprache erinnere mich. Nicht mehr so genau erinnere ich mich, ob er uns dann in sein Gebet eingeschlossen hat und für unsere Errettung flehte. Erfolgreich kann das Gebet nicht gewesen sein. Im Posaunenchor brauchte nur jemand „Knieschuss" oder „Schwarzer Müller" zu sagen und wir würgten uns vor Lachen.

Die Witze nahmen ein böses Ende. Der Sohn des Pfarrers, der uns die Witze erzählte, zog ein paar Jahre später aus dem Pfarrhaus aus und lebte unverheiratet mit einer Frau zusammen. Mit ihr hatte er ein uneheliches Kind. Für den Pfarrer war das eine Katastrophe. Wie soll der uns noch von der Kanzel predigen, fragten sich die frommen Kirchgänger. Der Pfarrer wurde versetzt.

Kino I: Disneys Schneewittchen

Das Murrhardter Kino war im Saal der Gastwirtschaft Stern, im ersten Stock. Ich durfte nur in die Filme, die am Sonntag um 5 Uhr nachmittags liefen. Ich sah gerne Tarzan, Tom Prox, Fuzzy und Dick und Doof. Albern fand ich Zorro, den schwarzen Mann mit Maske und Lederpeitsche. Heimatfilme gefielen mir nur wegen Sonja Ziemann. Von ihr hatte ich Sammelbilder. Eine Sensation war „Liane, das Mädchen aus dem Urwald". Da konnte man für den Bruchteil einer Sekunde den entblößten Busen von Marion Michael sehen. So wurde es mir erzählt, denn ich war noch nicht 16. Auf dem Foto im Schaukasten des Kinos war nichts zu sehen. So genau ich auch durch das spiegelnde Glas hindurchschaute, ein Grasbüschel verdeckte Lianes Busen fast ganz.

Mit der ganzen Schulklasse gingen wir zweimal ins Kino. Einmal in die Stadthalle. Gezeigt wurde Walt Disneys Schneewittchen. In Dias. Oder war es doch ein Film? Ein gewaltiger schwarzer Apparat, größer wie der Ofen im Saal der Sonne-Post, stand an dem einen Ende der Stadthalle, gleich am Eingang. Das war der Projektor. Er wurde auch so heiß wie ein Ofen und brummte laut. Durch die Lüftungslöcher konnte ich in das gleißende Innere blicken. Das Licht wurde durch einen Lichtbogen erzeugt, der zwischen zwei Kohlestäben übersprang. Geblendet von soviel Helligkeit schlug ich mir die Hände vor die Augen.

Wie durch ein Wunder prangte Schneewittchen am anderen Ende der Stadthalle in überwältigenden Farben auf der Leinwand. Ich

Jugend

war begeistert, dass ein Projektor so weit leuchten konnte. Solche Farben hatte ich noch nie gesehen. Das waren Farben wie bei dem Kleid, das meine Schwester aus den USA geschenkt bekam. Lila, rosa, irgendwie türkis. Zu der Kombination der Ami-Farben sagten wir „Grün und Blau, Kaschperle sei(ne) Frau."

Kino II: Resnais „Nacht und Nebel"

In der Mitte der 50er Jahre, kaum zwei Jahre später nach Schneewittchen, gingen wir als gesamte Schulklasse in das neue Kino, die Murr-Lichtspiele. Auf Anordnung der Bundesregierung sollten sich Schulklassen den Film „Nacht und Nebel" von Alain Resnais ansehen. Ohne jede Vorwarnung sah ich zum ersten Mal in meinem Leben ein KZ. Berge von nackten toten Leibern, Frauen und Männern, wurden von Planierraupen in Massengräber geschoben. Einige zum Skelett abgemagerte Überlebende blickten mich an. Mir wurde schlecht. Ich weiß nicht, wie ich nach Hause kam.
In der Schule wurde in den Tagen darauf auch nicht ein Sterbenswörtchen zu dem Film gesagt.

Wie der Film meine Wahrnehmung des menschlichen Leibes zugerichtet hat, weiß ich nicht. Nackte Menschen hatte ich vorher nur in Amrum auf dem FKK Strand gesehen, von ferne. Aus der Nähe sah ich den nackten menschlichen Leib zum ersten Mal in meinem Leben in den Leichenbergen des KZs. Vor dem Schild der Planierraupe wälzten sich die Leiber und schlugen um sich, als wären sie lebendig.
Mit keinem meiner Schulkameraden habe ich jemals über den Film gesprochen. Den Schock trug ich alleine mit mir herum. Zum Glück sah ich Gerhard Richters „Atlas" auf der documenta. Er dokumentiert seine Leibeserfahrung in „Nacht und Nebel" und ich war froh, dass es einen Zeugen gab für meinen Schrecken.

Die neuen Lehrer.

Ich staunte, als der neue Religionslehrer im Gymnasium die Klasse betrat. Er war ein großer breitschultriger Kerl. Er hinkte. Er hatte einen gewaltigen Bass. Bisher arbeitete er als Pfarrer in New York, in Harlem, im Slum. Er war ein Slum-Pfarrer. Mir war völlig klar, dass er sich die Beinverletzung im Kampf um Gerechtigkeit im Slum zugezogen hatte. Wenn er mit mir sprach, verlor ich jeden Abwehrreflex und die Sympathie strömte. Über Religion und die Kirche sprach er selten. Ihn interessierte die Philosophie. Krieg und Frieden. Ist der Mensch frei oder nicht? Von ihm hörte ich den Satz, in meinem Gedächtnis eingemeißelt wie in Granit: „Der Krieg ist nicht der Ernstfall. Der Friede ist der Ernstfall. Damit es nicht zum Krieg kommt". In kürzester Zeit hatte ich in Religion die Note „sehr gut".

Der Deutschlehrer war mit seiner Doktorarbeit über Schiller gescheitert. Doch wenn er mit uns über Schillers Philosophische Schriften sprach, dann begann Schiller zu leben, ich lernte ihn zu lesen, nachzudenken, mit anderen darüber diskutieren.

Der Chemie-Lehrer machte freiwillig nachmittags eine Chemie-AG. Mitglied konnte nur werden, wer sich anstrengte.

Damit das Schlagen ein Ende hatte, musste wohl erst eine Generation von abgemusterten Unteroffizieren und bigotten Frömmlern pensioniert werden, um neuen Lehrern Platz zu machen. Ich spürte sehr schnell, dass die neuen Lehrer über das, was sie uns lehrten, schon selber nachgedacht hatten. Unvorstellbar war, dass diese neuen Lehrer jemals die Hand zum Schlagen hoben. Sie waren die Befreiung meiner Kindheit.

Die letzten Schläge mit 17

Mit den neuen Lehrern hatten die Schläge ein Ende. Zu Hause dauerte es noch damit, bis ich 17 Jahre alt war. Ich geniere mich, wenn ich mich daran erinnere. In Diano Marina, dem Ferienhaus meines Onkels Emil schlug mich meine Mutter zum letzten Mal. Ich schlug zum ersten Mal zurück. Meine Tante Wuddel und meine Schwester standen daneben und sahen wie ich meiner Mutter ins Gesicht schlug. Alle schämten sich. Meine Mutter dafür, dass sie mich geschlagen hatte. Ich schämte mich, eine schwache Frau zu schlagen. Und die anderen schämten sich dafür, so eine elende Szene mit ansehen zu müssen.

Es war wie ein Dammbruch. Plötzlich war etwas Unmögliches

Jugend

möglich. Es war selbstverständlich, dass ich allein mit dem Zug voraus von Allassio nach Mailand fahren konnte. Die Jugendherberge in Mailand war ein fantastischer Ort, er begeisterte mich mehr als alles andere, was sonst noch in Mailand zu sehen war. In der JH strömten Jugendliche zusammen aus aller Welt, mein fürchterliches Schulenglisch war plötzlich zu etwas nutze, ich diskutierte über Gott und die Welt. Juden hatte ich noch nie gesehen. Da saßen sie vor mir, kamen aus den USA und berichteten über die Ausrottung ihrer ganzen Familie. Andere spielten Gitarre und sangen mir völlig unbekannte Lieder, ohne Noten.

Die Kunst, die Gemälde in der Brera, waren mein eigentlicher Reisezweck, Sehnsuchtsziel. Was damals noch möglich war: ich stand allein vor dem noch nicht restaurierten Abendmahl von Leonardo. Ich entzifferte Jesus und die Apostel, grau auf mürbem Putz. Und wartete innerlich auf den Abend und die Leute in der JH.

Chemielabor im Kinderzimmer

Die Trennung zwischen unserer Kinderwelt und den Erwachsenen war scharf. Meine Mutter war nie dabei. Weder beim Skifahren, noch im Schwimmbad. Sie hat mich nie beaufsichtigt. Sie war auch nicht Publikum bei den öffentlichen Ereignissen, bei den Bundesjugendspielen, beim Erwerb eines Sportabzeichens, oder der absoluten Krönung: dem Erwerb des DLRG-Leistungsscheins. Ich erinnere mich nur an wenige gemeinsame Wochenendausflüge zum Schwimmen im Waldsee. Meine Mutter war nicht dabei, als wir mit dem Akkordeonorchester in der Sonne Post auftraten, auch nicht bei unserer Theateraufführung in der Freilichtbühne des Felsenmeeres. Da hatte ich einen einmaligen (d.h. einzigen) Auftritt mit dem Flügelhorn. Nur wenn die Verwandten kamen, dann drängte sie: „Nun spiel doch mal auf deinem Akkordeon".

Ich wäre damals nie auf den Gedanken gekommen, dass meine Mutter Angst um mich hat. In meinem Kinderzimmer hatte ich ein Chemie-Labor. Um den Bunsenbrenner zu betreiben, legte ich einen roten Gummischlauch von der Küche bis ins Kinderzimmer. Den Schlauch des Gasherds zog ich vom Gashahn ab und steckte meinen Gummischlauch drauf. Mit dem Bunsenbrenner erhitzte ich

Glasrohre und bog sie. Säuren und Laugen kochte ich in Erlenmeyer Kolben, Retorten und trieb die Gase durch Glasrohre und Kolben. Am Ende der Schlangen entzündete ich das Gas und war stolz auf die Flamme. Später erzeugte ich Nitroglycerin. Zum Glück im Garten. Es explodierte nicht und versickerte zwischen den Mohrrüben.
Bei der bloßen Vorstellung wird es mir noch heute schwindlig. Ich staune über meine Mutter und bin stolz auf sie. Ich rätsle, welche Eltern das heute erlauben würden.

Die große Stadt und der Betriebsrat Fritz Lamm.

In der großen Stadt, in Stuttgart, gab es Rolltreppen im Kaufhaus Breuninger, eine Landesbibliothek, einen Bahnhof für die ganz große Welt. Das „Drei-Farben Haus", der Puff, war die Sensation Stuttgarts. Nach der Landesbibliothek, die ausgeliehenen Bücher in der Tasche, ging ich durch alle Stockwerke. Ich blickte interessiert in die rosa-roten Zimmer und war ganz aufgewühlt, wenn mich die Huren als Kunde ansprachen.
Aus Stuttgart kam der Betriebsrat Fritz Lamm zu einem Vortrag in unser Städtchen. In der Volkshochschule sprach er gegen die Wiederbewaffnung der BRD. Der Abend war mein coming out. Ich traute mich zum ersten Mal etwas öffentlich gegen den Krieg zu sagen.
Bei einem meiner Rundgänge durch den Stadtgarten hatte ich einige Sätze von Jaspers auswendig gelernt. Er schrieb, dass der Atomkrieg den Krieg sinnlos macht. Die Atombombe sei kein Mittel zum Zweck, keine Waffe, die zum Sieg über einen Feind führt. Sondern mit der Atombombe vernichten wir unseren Feind und uns selbst. Das Zweck-Mittel Verhältnis würde sich auflösen. Besonders beeindruckend fand ich die Formulierung mit dem „Zweck-Mittel Verhältnis".
Schüchtern trug ich diese Lesefrüchte auf der Versammlung vor. Fritz Lamm stimmte mir zu. Ich war begeistert, dass ich mich traute öffentlich zu sprechen und dass ich nicht ausgelacht wurde. Noch hinterher in der Wirtschaft Ihle war ich ganz benommen. Fritz Lamm sprach freundlich und interessiert mit mir. Ich begleite-

Jugend

te ihn auf den Bahnhof zum letzten Zug nach Stuttgart. Er war ein kleiner Mann, der bescheiden seine Aktentasche trug. Doch wenn er sprach, dann flammten seine Augen.

Fritz Lamm

Ich weiß nicht mehr, was wir auf dem Weg miteinander gesprochen haben. Wahrscheinlich schwieg ich und hörte ihm zu. Ich wusste, dass alles auswendig gelernt war, was ich auf der Versammlung sagte. Und trotzdem kam es mir vor wie der Beginn meines eigenen Denkens.

Blatt vom Baum, Hitlers Fehler.

Ich wollte auch damals noch Soldat werden, meinen Vater rächen. Als einziger Sohn einer Kriegerwitwe war ich nach § 11 vom Wehrdienst befreit. Wahrscheinlich hätte ich den Wehrdienst nicht verweigert. Doch insgeheim war der Wunsch Soldat zu werden schon untergraben. Nicht durch Jaspers und auch nicht durch Fritz Lamm. Sondern durch Hitler. Er hatte einen Fehler begangen, als

er in seinem Beileidsschreiben an meine Mutter schrieb: „Ein Blatt fiel vom Baum des Volkes".
Meine Mutter erzählte mir diese Geschichte. Der Baum und das Blatt grub sich in meine Erinnerung ein. Das Blatt sollte mein Vater sein, mein Vater! Ich malte mir aus, wie ein Blatt vom Baum fällt, gelb und verwelkt. Niemand weiß, wo das Blatt namenlos liegt und vermodert. Das war nicht der Heldentod, von dem meine Mutter sprach. Mit dem Bild vom Baum und dem Blatt hatte Hitler daneben gegriffen. Soldat wollte ich weiterhin werden. Aber das Blatt, das vom Baum fällt, wollte ich nicht sein.

Tanzstunde

Tanzstunde in Backnang. In einem langen Saal saßen wir Jungs und Mädchen in zwei Reihen gegenüber. Die Tanzlehrerin klatschte in die Hände und wir stürzten auf die Mädchen zu. Ich visierte eine an, wurde abgedrängt und geriet an eine Arzttochter, groß und knochig, nur mit Kraft zu führen, eine Reiterin mit harten Händen. Als sie mich dann bei der Damenwahl aufforderte, war das endgültig und sie meine Dame bis zum Abschlussball. Die Tanzstunde verstand sich auch als Anstands-Unterricht. Ich lernte das Verbeugen vor und nach dem Tanz. Der Dame mussten wir in den Mantel helfen und ihr die Tür öffnen. Wir sollten auf der linken Seite der Dame gehen. Jedoch nicht immer. Wenn auf einem engen Bürgersteig die Straße rechts war, dann sollten wir rechts gehen um die Dame zu schützen. Zuhause las ich das Lehrbuch „Der Gute Ton". Ausführlich wurde hier abgehandelt, von welcher Seite des Gastes Getränke eingeschenkt und das Essen gereicht wird.
Pflicht vor dem Ball war der Antrittsbesuch bei den Eltern der Tanzdame. Ich zog meinen umgearbeiteten Konfirmandenanzug an, kaufte nach Vorschrift einen Blumenstrauß. Ich erstarrte, als ich die Treppe zur der feudalen Arztvilla empor stieg. Es gelang mir, der Mutter den Blumenstrauß mit einer Verbeugung zu überreichen. Dann saß ich verlegen vor der Mutter im riesigen Wohnzimmer. Das Fenster war so groß wie ein Schaufenster. Ich wusste nicht, was ich sagen sollte. Im Lehrbuch stand dazu nichts. Doch die Mutter lächelte freundlich und beim Abschied war mir fast so,

als hätten wir es beide komisch gefunden.

Sternocleidomastoideus

An vielen Wochenenden organisierte unser Tanzkurs einen Tanzabend in Dorfkneipen und Vereinsheimen. Eine Tanzkapelle mit 5 Mann stand auf der Bühne und spielte Rock'n Roll. Hier war ich mit Marlene verabredet. Sie hatte verträumte große braune Augen, deshalb wurde sie „Schlafzimmerblick" genannt. Wenn sie lächelte, dann schmolz ich dahin. Sie war federleicht zu führen. Sie schwebte. Mit ihr gelang mir problemlos der Schulterwurf. In den Pausen kühlten wir uns draußen in der Kälte ab. Marlene war auch Fahrschülerin, sie fuhr mit demselben Zug zur Schule nach Backnang. Jetzt standen wir oft im Zug auf dem offenen Perron. Wir „gingen miteinander".

Als Studenten trafen wir uns nur noch selten. Wir lagen im Sulzbacher Wald-Freibad, oder auf einer Obstwiese auf dem warmen Südhang des Murrtals. Sie lernte im ersten Semester Medizin die lateinischen Namen der Knochen, Sehnen und Muskeln. Sternocleidomastoideus, das Wort faszinierte mich. Sie zeigte mir den Muskel an ihrem Hals, sie führte meinen Finger präzis auf ihm entlang. Von oben nach unten und wieder hinauf zum Kopf und dann wieder herunter, bis zu den zwei Ansatzstellen am Brustknochen. Das war meine intensivste körperliche Erfahrung mit Marlene. Wir hatten uns wohl bisher recht züchtig geküsst. Ich erinnere nicht, dass ich sie „gemolcht" hätte, trotz des weißen, fest bis zum Hals verschlossenen Trenchcoates, den sie im Zug trug, der mich geradezu aufforderte, ihn aufzuknöpfen. Das war undenkbar bei Marlene. Mit ihr „ging" ich. Sie zivilisierte mich.

Wandern

Wandern

Landschulheim

Landschaft, weich, glitschig, manchmal auch Felsen.

Durch die Murrhardter Landschaft sehe ich mich hindurch wandern mit dem Schwäbischen Albverein, in dessen Ortsgruppe meine Mutter Mitglied war. Ich durfte, der Wandergruppe vorweg, den grünen Wanderwimpel tragen, der auf einem Speer befestigt war. Auf einem Foto lache ich fröhlich unter dem Wimpel. Den Wimpel zu tragen war als Auszeichnung gedacht. Doch mir war das peinlich. Die ganzen Mühen des Vereins mit seiner Nachwuchsarbeit waren völlig umsonst, mich interessierte der Verein nicht. Die Wandergruppe zog ohne Halt wie die Lemminge dahin. Eine Pause wurde in der Gastwirtschaft oder dem Aussichtsturm gemacht.

Wandern mit dem Schwäbischen Albverein (1952)
Ich darf den Wimpel tragen

Wandern

Ich wäre lieber zum Spielen an einem Bach geblieben. Und schon gar nicht mochte ich die Geselligkeit in den großen Wandergruppen. Furchtbar, wenn sie sich im Gesang einstellte. „Es klipperet und klapperet der Nagelschuh und ich sing froh die Überstimm dazu." Ich wand mich vor Pein, wenn diese Textvariante tatsächlich in der Terz erklang und sich eine aufgeräumte Stimmung verbreitete.

Im Wald war es meist nass und glitschig. Wir mussten genau hinsehen, um nicht auszurutschen. Das sei wegen dem Mergel und dem Keuper, erfuhr ich von dem Wanderwart. Grau, bläulich-grau war der Mergel. Meist stand der Wald auf ihm, ihn gnädig verdeckend. An offenen Abhängen war der Mergel zu sehen. Weich und bröcklig war er, manchmal schiefrig geplattet.
Wenn wir Kinder selber auf eigene Faust im Wald umher schweiften, dann mieden wir die Mergelabhänge. Wir kletterten nie darin herum. Schön wurde es, wenn im grau-blau Glitschigen plötzlich Sandsteine auftauchten. Sie widerstanden der alles gleich rund machenden Verwitterung. Wasserfälle rauschten über riesige Felsplatten und gruben sich tiefe Abgründe. Felsenmeer wurde ein Waldstück genannt, in dem Felsblöcke herumlagen. In den Felsen oder unter ihnen fanden wir Höhlen und gaben ihnen einen Namen. Schön sind die steinigen Bäche in den tief eingeschnittenen Seitentälern der Murr. Wir gruben im Bachbett, lagerten die Steine um, lenkten das Wasser in Kanäle und betrieben Wasserräder. Ein beliebtes Kinderspiel und Mutprobe war über die Steine bachaufwärts zu springen, barfuß, ohne auszurutschen, ohne zu stürzen und nass zu werden.
Befestigte Waldwege gab es kaum. Wenn Holz abgefahren wurde, dann schnitten die mit Eisen beschlagenen Räder der Leiterwagen tiefe Spuren in den Mergel. Die Räder wurden gebremst durch „Schleifschuhe", die das Rad blockierten. Hohlwege entstanden, die alsbald vom herab schießenden Wasser so tief ausgespült wurden, so dass daneben der nächste Weg angelegt werden musste.
Bis in den Sommer stand in den Wagenspuren das Wasser, die Frösche laichten im Frühjahr in ihnen. Wir fingen die Kaulquappen

an Ostern, trugen sie nach Hause. In Einmachgläsern hatten sie dann ein kurzes Leben.

Siebenknie

Bei den Wanderungen mit dem Schwäbischen Albverein haben mich Landschaftsbilder nie interessiert. Eine schöne Aussicht habe ich nie bewundert. Und doch setzten sich die Bilder tief in mir fest. Wie Berg, Wald und Tal in Murrhardt zusammenhing, das blieb das Raster, mit dem ich die Welt wahrnehme. Mit ihm messe ich, was schön ist oder nicht.

Die Dörfer auf den Bergen sind kleine Rodungsinseln, umzingelt von Wald. Die Feldflur des Dorfes Siebenknie ist in höchstens einer halben Stunde durchschritten. Die Grenzen des Landes, von dem man zu leben hatte, waren auf einen Blick sichtbar. Selten gibt es einen offenen Blick in die Ferne. Mehr als das eigene Dorf ist nicht zu sehen. Die Welt war etwas Endgültiges, gnadenlos Nützliches. Um von einem Weiler in den nächsten zu kommen muss man steil durch den Wald hinunter ins Tal und durch den Wald wieder hinaufsteigen.
Doch es gab die Obstwiese, das „Stückle". Wenn die Bäume im Frühling blühten und im Herbst voller Äpfel und Birnen hingen, dann war das ewig Nützliche plötzlich wunderschön.
Hinunter durch den Wald ging es ins Murrtal. Hier wurde die Landschaft freier. Straßen und Eisenbahn verbanden die Orte. Es gibt viele kleine und einige große Fabriken mit Schornsteinen. In zwei Richtungen wenigstens nahm das offene Land kein Ende. Die Eisenbahn machte Hoffnung, dass es im Westen und im Osten noch etwas anderes gibt. Doch auch hier stieg der Wald gleichsam von den Bergen herab. Wiesen, Obstwiesen, Äcker und Gärten müssen ihm abgetrotzt werden.

Wandern

„Dorf vergeht - Landschaft besteht"[4]

Als ich jetzt in Murrhardt und Umgebung wanderte, suchte ich mit bangen Vorahnungen den Fußweg nach Siebenknie, den ich als Kind mit meiner Mutter zum Milchholen gegangen war. Ich fand den Weg sofort, obwohl er heute nur noch wenig begangen wird. Am Einschnitt im Berghang, der zurücktretenden Waldgrenze war der Einstieg. Unverändert wie das Bild meiner Erinnerung war der Schattenriss des Waldrandes, die Silhouette des Berges. Unverändert die Serpentinen der Straße. Die Kurve, nach der ich bei meiner ersten Autofahrt ohne Führerschein einen VW-Käfer in den Graben fuhr. Sie war exakt so, wie ich sie in vielen unruhigen Träumen vor mir sah. Siebenknie hatte einige Neubauten auf der Südseite des Weilers. Zum Glück auch eine Gaststätte mit einem modernen Anbau. Doch wie der Ort in der Landschaft liegt, das Wegenetz, das auf ihn zuführt und aus ihm hinaus - alles ist gleich geblieben.
Ich öffnete die auf Leinen gezogene topografische Karte aus meiner Kindheit. Ich verglich die Feldwege, Böschungen, Gräben, Obstwiesen, Ackerland und Wiesen. Unbefestigte Wege waren jetzt meist asphaltiert, Kreuzungen größer ausgebaut, die Äcker waren größer – doch die Struktur der Landschaft war unverändert. Die Bäume in den Obstwiesen waren nicht zusammengebrochen. Ganz im Gegenteil: viele Apfelbäume wurden nachgepflanzt.
In Siebenknie erwartete ich den Urteilsspruch, den ich von vielen Naturschützern gehört habe: „Man muss sich beeilen, wenn man noch etwas von der Natur sehen will. Alles wird zerstört". Ich hoffte, dass ich die Landschaft meiner Kindheit noch einmal sehe, bevor sie verschwindet. Doch in Siebenknie könnte ich mit demselben Recht sagen: alles ist gleich geblieben. Die Welt hat sich kaum verändert.

---

4 Ein Plakat mit dieser wunderlichen Aufschrift und der Abbildung eines Grabs mit menschlichem Skelett warb im Jahr 2000 für eine Ausstellung in Kornwestheim. Ich beschaffte den Katalog und war enttäuscht. Mit dem Plakat hatte weder die Ausstellung noch der Katalog etwas zu tun. Ich erfuhr, dass bei der Vorbereitung der Ausstellung der Titel gefunden wurde. Er faszinierte die Aussteller so, dass sie ihn beibehielten, obwohl weder die Ausstellung noch der Katalog so umgearbeitet werden konnten, dass sie dem genialen neuen Titel genügten.

Wandern

Die Zerstörungen sind grässlich. Doch ich muss nur durch die Siedlungen, Parkplätze, Unterführungen, Umgehungsstraßen, Autobahnen hindurch sehen und schon stoße ich auf eine langsam dahinfließende Geschichte.
Gleich geblieben sind die Silhouetten der Berge, der Waldrand, das Relief der gerodeten offenen Landschaft, in der sich zwischen den eingeschnittenen Bachläufen die Äcker wölben. Den ebenen Wiesen ist noch heute die Arbeit von Jahrhunderten anzusehen. Unverändert ist das Wegenetz, das die alten Ortskerne mit der Welt vielfach verbindet.

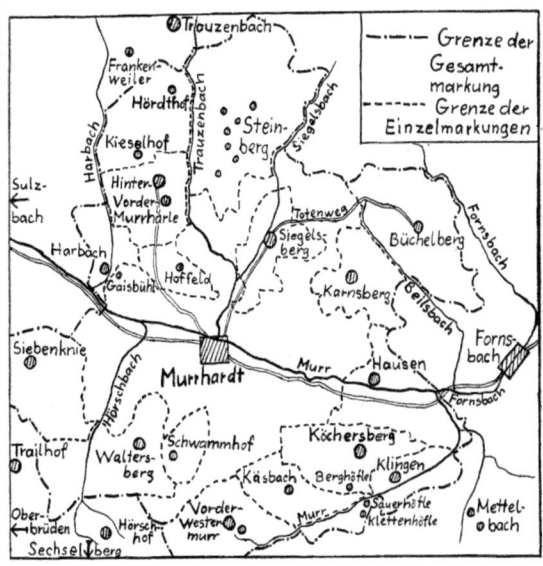

Urmarkung Murrhardt und seine Ausbausiedlungen.

Doch was ist aus den 75 Dörfern, Weilern, den einzeln liegenden Höfen und Wohnplätzen geworden, die heute zu Murrhardt gehören? Wenn ich mit dem Finger über unsere alte, auf Leinen gezogene topografische Karte fahre, vom Fratzenklingenhof, über Rotenmad, Hinterwestermurr, über Fautspach nach Vorderwestermurr, Käsbach, durch den Hoblersberg, wo wir nach dem Krieg Heidelbeeren sammelten, zum Schwammhof und dann übers Eulenhöfle nach Murrhardt – dann rühren mich die eigentümlichen Ortsnamen. Sie versprechen, dass keiner der Weiler ist wie der andere.

Noch heute ärgert mich der Spott eines berühmten Stuttgarter Kabarettisten, (war es Häberle oder Pfleiderer?), der sich im Radio lustig machte über unsere Gegend. Am Wochenende sei er durch „Hinterwestervordermurrhärle" gewandert. Als Kind war ich empört über diese Frechheit. Ich hörte ganz Württemberg über meine Heimat lachen.

Doch leider sehen die Weiler heute tatsächlich wie zum Verwechseln nach Hinterwestervordermurrhärle aus. Höfe und Häuser sind umgebaut, ihre alte Schönheit ist zerstört. So als hätten die Menschen ihren ganzen Schönheitssinn in der Feldflur verbraucht, von der die Weiler umgeben sind und von der sie leben. Da blühen die Obstbäume. Äcker und Wiesen, Waldrand, Bachläufe, Feldraine, Böschungen bilden ihre unverwechselbaren Muster.

Bei Murrhardt-Steinberg

Meine Helden

Bertle

Turnfest im Stadtgarten. In meiner Erinnerung blühen die Apfelbäume. Der Stadtgarten war in meiner Kindheit kein hergerichteter Park, sondern eine große Obstwiese. Die Turngeräte, Reck, Barren, Pferd, Bock, Kasten und die umgedrehten Bänke zum Balancieren waren zwischen den Bäumen aufgebaut. Neben jedem Gerät lagen exakt ausgerichtet die blauen Gummimatten. An die schrecklichen Ringe erinnere ich mich nicht mehr. Es war hoffentlich zu schwierig, diese Folterinstrumente im Freien aufzubauen.

Das hohe Reck stand gut sichtbar auf einer kleinen Erhebung. Es war abgespannt mit an Pflöcken befestigten Seilen. Als Bertle sich die Hände mit Magnesium einrieb und an den Hochreck trat, strömten alle zusammen, die bisher an den verschiedenen Geräten beschäftigt waren. Bertle war groß gewachsen, er musste nicht sehr hoch springen, um mit den Händen an der Stange zu hängen. Der Turnwart, wie der Trainer damals hieß, hielt Bertle an den Hüften fest, bis er ganz ruhig hing. Er konzentrierte sich, streckte die Beine bis in die Fußspitzen. So hing er ruhig und gerade mit seiner weißen langen Hose, die mit Spanngummis glatt gezogen wurde. Der Turnwart trat zur Seite und stand da voller Ehrfurcht, auch er in einer weißen langen Hose, die seine besonders krummen Beine nur schlecht verbargen.
Nach Anschwung, Kippe, Stütz, verschiedenen Kehren drehte Bertle die Riesenwelle. Diese Riesenwelle wurde zu etwas nicht Endendem, Ewigem, dem Drehen von Windmühlen gleich, das er bewusst, mit einem halben Salto rückwärts als Abgang abbrach. Er landete sicher auf der Matte. Wir schrieen auf vor Bewunderung.
Ich ging zu ihm hin, betastete seine Muskeln und untersuchte das Leder zum Schutz seiner Handinnenflächen. Bertle war ein ruhiger, großer Kerl, Sohn eines Schlossers. Vielleicht redete er damals mit uns über den Reck und die Riesenwelle. Wie oft ihm die Hand innen aufgerissen war. Das wollte ich wissen. Das war mein Pro-

blem, meine Erklärung, warum ich es nur bis zur Kippe und nicht bis zur Riesenwelle schaffte.

Doch dann erzählte er uns von einer finnischen Klavierspielerin mit langen blonden Haaren. Sie saß an einem weißen Flügel und spielte „Grieg", nur für ihn. Er stöhnte bei seiner Erzählung, nannte mehrmals ihren Namen, sagte: „das war was" und bekam ein sehnsüchtiges Gesicht. So als wäre alles hier in Murrhardt samt Riesenwelle nichts dagegen.

Bertles Geschichte beunruhigte mich lange. Er war mein Held, mein Traum vom umjubelten Ankommen in Murrhardt. Und nun soll das alles hier nichts sein?

Ich fand eine einfache Erklärung. Bertle hatte die blonde Finnin nur gesehen vielleicht in Stuttgart, auf dem Killesberg. Das war sein Traum von der großen Liebe. So musste es gewesen sein, er „hatte nichts" mit der Finnin. Doch auch für diesen Traum bewunderte ich Bertle. Denn so einen Traum kann sich nur zutrauen, wer stark ist und ein großer Turner.

Dr. Rolf Schweizer

Den Streit um das wirklich echte Wappen der Stadt Murrhardt fand ich als Jugendlicher völlig verrückt. Er begann in der Zeitung. Der Abtsstab, nicht der Tannenbaum mit den Wölfen, sei das echte Wappen der Stadt Murrhardt. Das belegte anhand unzweifelhafter Quellen Dr. Rolf Schweizer, der Sohn des Präparators Schweizer. Murrhardt war aufgewühlt. Es kam zu einer Bürgerversammlung in der Stadthalle, die alltags unsere Turnhalle war. Die Ringe, diese angeblich zum Turnen erfundenen Foltergeräte, waren hochgezogen und mit einem Strick an die Wand gezogen. Bis auf den letzten Platz war die Halle besetzt. Rolf Schweizer trug noch einmal seine Forschungen vor. Die Unruhe wuchs. Sprechchöre bildeten sich: „Mir wellet onsern Dannebaum" (Wir wollen unseren Tannenbaum). Auch Rolf Schweizer wurde zorniger. Er stieß einen Satz hinaus, der dem Ganzen eine Wende geben sollte. Die Versammlung erinnere ihn an das, was Pfarrer Röder schon vor hundert Jahren über die Murrhardter gesagt hätte: „Wenn die Murrhardter Altertümer haben, dann werden sie die entweder zerschlagen oder rot anstreichen". Das war zuviel. Empörung griff um sich. „Was, mir sollet Rote sei?" „Der Kerle schempft ons Kommunischte." Der Tumult wurde ohrenbetäubend. Doch Rolf Schweizer sprach weiter. Mit dem rot Anstreichen hätte Pfarrer Röder doch etwa ganz anderes gemeint. Soviel konnte ich noch verstehen. Dann gingen seine Worte unter. Die Versammlung löste sich in großem Durcheinander auf.

Ich wusste nicht, ob ich lachen sollte oder staunen. Den Konflikt ums Wappen fand ich irre. Doch ich bewunderte Rolf Schweizer, wie er diesen Kampf führte, nicht von der Bühne wich, nicht klein beigab. Woher nahm er den Mut? Seine Forschungen über die Gräber, Skelette und germanische Tonscherben fand ich bisher immer komisch. Nie hätte ich mir vorstellen können, dass man in der Wissenschaft die geheime Kraft findet, um ganz Murrhardt zu widerstehen.

Rolf Schweizer musste gleich am Tag darauf verreisen. Das war sein Glück. Denn nachts wurde einer mit ihm verwechselt und übel zusammen geschlagen.

Das Murrhardter Wappen ist weiterhin der Tannenbaum mit den beiden Wölfen. Obwohl heute keiner mehr bezweifelt, dass der Abtsstab eigentlich das richtige Wappen wäre.

Märchenhafte Erfolge

Ich werde Uhrmacher

Als Kind hieß es von mir, dass ich Uhren wieder zum Laufen bringen kann. Wenn wir zu Besuch waren, dann brachten die Verwandten mir ihre Uhr. Vielleicht auch nur, weil sie mir eine Freude machen wollten. Die Uhr war stehen geblieben. Schnell konnte ich durch Aufziehen feststellen, ob die Feder gebrochen war. Das war selten der Fall. Dann wärmte ich die Taschen- oder Armbanduhren in der Hand an und öffnete sie mit meinem Taschenmesser. Ich hauchte darin herum, ruckelte mit dem Taschenmesser an den Zahnrädern und stieß die Unruhe an. Die Uhr lief wieder, zumindest solange ich da war. Damit feierte ich meine ersten Erfolge. Es gefiel mir, wenn ich hörte „Der wird Uhrmacher". Besonders reizten mich die besorgten Warnrufe, wenn ich mit meinem Messer daran ging, das Gehäuse zu öffnen. Der Trick war einfach. Ich musste nur etwas tun, was sich niemand traute: die Uhr öffnen.

Ein Kilo zunehmen. Amrum 3

Wir sollten zunehmen. Das war der Zweck des Ferienlagers auf Amrum. Baden im Meer durften wir erst, wenn wir ein Kilo zugenommen hatten. Wir wurden täglich gewogen und die Gewichtszunahmen waren kümmerlich. Nach der langen Wanderung durch die Dünen und den Strand kamen wir am Meer an und durften nicht ins Wasser. Ich sah das Meer zum ersten Mal in meinem Leben. Ich sah und hörte die gewaltige Brandung. Bevor ich im Wasser, war wusste ich schon, dass es das Meer mit mir genauso macht, wie ich es vom Buchumschlag meines Robinson Crusoe kannte. Eine mächtige Welle warf ihn auf die Küste. Gerettet, erschöpft liegt er da und blickt zurück in die tobende Brandung.
Nun begann das größte Betrugsunternehmen meiner Kindheit. Vor dem Wiegen tranken wir einen Liter Wasser und schon wogen wir ein Kilo mehr. Jetzt durften wir im Meer baden. Ich war es nicht, der diesen Betrug erfand. Das Genie war ein Junge mit dem komi-

schen Nachnamen Gelbing. Ich bewunderte ihn. Wir wurden schnell Freunde. Unbegreiflich war mir, wie er so etwas wissen konnte: Dass für die Waage im Kinderheim so völlig verschiedene Dinge wie ein Liter Wasser und ein 1 kg Gewicht ein und dasselbe sind. Ich vermute, dass er es aus der Schule hatte, aus Physik.
Auch bei uns im Progymnasium gab es Physik. Doch von diesem Fach weiß ich nur noch, dass wir es „Fick-Fick" nannten.

Ich werde Chemiker.

Auch hier war die List einfach: ich bestellte als „Ingenieur Götz Schmidt" bei der Firma Merck seltene Chemikalien und bei der Firma Mollenkopf die Gerätschaften aus Glas und Porzellan. Die Säuren und Laugen bekam ich in der Murrhardter Drogerie Löffler. Aus der Landesbibliothek und einem Antiquariat in Stuttgart beschaffte ich mir Fachbücher für Chemie. In den Büchern fand ich Abbildungen von Experimenten. Die besonders hübsch aussehenden Konstruktionen baute ich mit meinen Gerätschaften in meinem Kinderzimmer nach.

Zu dem jeweiligen Thema im Chemieunterricht las ich die entsprechenden Kapitel in den Büchern nach. Da stand dann schon ausführlich, was wir durch Nachdenken in der Chemiearbeit heraus bekommen sollten. Plötzlich war ich „sehr gut" in Chemie, der Chemielehrer staunte. Ich wurde in die Chemie-AG aufgenommen. Meine Zukunft stand mir klar vor Augen, ich sah mich als Chemiker im weißen Kittel bei Bayer Leverkusen.

Ich werde Philosoph.

Diese Karriere wurde verhindert durch die nächste List: In Deutsch war ich schlecht, meine Aufsätze kümmerlich. Bis mir ein blaues Bändchen von Karl Jaspers in die Hände fiel. Am Tag vor dem nächsten Besinnungsaufsatz setzte ich mich mit dem Bändchen auf eine Bank im Stadtgarten und suchte mir irgendetwas über Kunst und Leben heraus. Immer fand ich etwas über Gefühl und Verstand, Geist und Körper, ist der Mensch frei oder nicht, was erhebt ihn über das Tier usw. Es war sicher, dass so etwas beim nächsten Aufsatz drankommt. Allein schon der getragene Ton von Jaspers

brachte mich in Schwung. Dann ging ich durch den Stadtgarten, murmelte Jaspers Sätze vor mich hin, ahmte die Haltung nach, in der Jaspers die Worte setzte. Der Inhalt war mir fast gleichgültig. Begeistert war ich davon, wie Jaspers über allen Wassern schwebte. Ich fühlte fast den Ursprung, aus dem er zu denken glaubte. Ich lernte, dass Gegensätze wichtig waren, auch wenn sie noch so sehr an den Haaren herbeigezogen waren. Ein Trick war deshalb, Argumente für und gegen etwas zu finden. Die musste ich dann abwägen. Die Wörter „Transzendieren" und „Grund des Seins" brachte ich dabei mindestens einmal unter. Meine eigene Position blieb am Ende offen. Ich musste darüber stehen. Das war Weisheit, wie Jaspers sie mich lehrte. Damit war ich für jeden Besinnungsaufsatz gerüstet. Besonders tiefsinnig kam ich mir vor, wenn ich den Aufsatz mit drei Punkten beendete. So als würde mich das Thema noch lange umtreiben.
Meine Noten in Deutsch stiegen rasant. Der Deutschlehrer beachtete mich. Ich beschloss Deutsch und Philosophie zu studieren.

Schwäbisch

Die Blütendüfte von Marbert

Anfang der 50er Jahre wurde das Murrhardter Torhäuschen abgerissen. Ein Bagger hob eine gewaltige Baugrube aus. Auch der Garten verschwand darin. Ein dreistöckiger Neubau wurde gebaut, in dem der Friseur Ehrmann einen Friseur- und Parfümerieladen mit zwei großen Schaufenstern eröffnete. Dorthin musste ich zum Haare schneiden gehen. Bevor ich auf einem seiner Sessel Platz nehmen durfte, drehte er mit einem Hebel die Sitzfläche um. Sie war, auf beiden Seiten gleich, mit einem Lederpolster bezogen. Ich wagte zu fragen, warum er das tut. Da es nicht üblich war, dass ein Kind einen Erwachsenen etwas fragt, muss ich also schon älter gewesen sein. „Damit du nicht die Wärme von dem spürst, der vorher drauf saß". Diese Antwort verwunderte mich. Gibt es verschiedene Wärmen? Was unterscheidet die Wärme einer Bettflasche von der Wärme durch das Sitzfleisch meines Vorgängers? Bleibt da etwas kleben, riecht das? Seither begann ich darüber zu phantasieren, wer wohl vor mir auf einem angewärmten Sitz gesessen ist. Und manchmal ekelte ich mich.

Mit Kindern sprach Friseur Ehrmann nicht. Der Rundschnitt mit einem ratternden elektrischen Apparat war schnell erledigt. Später bekam ich den etwas eleganteren Scherenschnitt Bei dem leisen Schnipp-Schnapp der Schere konnte ich die Verkaufsgespräche hören, die im Parfümgeschäft geführt wurden. Um zu begreifen, was dort gesprochen wurde, stand ich nach dem Haarschneiden immer noch in der Parfümerie herum, betrachtete die Auslagen, so als wollte ich etwas kaufen. In den Regalen lagen Seife, in cremfarbenes Papier eingewickelt, Haarwaschmittel, Rasierseifen in Tuben, Pitralon Rasierwasser, Zahnbürsten und Zahnpasta von Colgate. In Vitrinen hinter Glas standen die Parfümflaschen. Aus dem Augenwinkel konnte ich dann die Tochter Ehrmanns beobachten, die meist die Verkaufsgespräche führte. Sie trug streng nach hinten gekämmte Haare, die mit einem Knoten befestigt waren. So als näh-

Schwäbisch

me sie eine Hostie aus dem Tabernakel, öffnete sie eine Vitrine und nahm eine Parfümflasche heraus.

Nun begann eine immer gleiche Zeremonie. Die Kundin musste ihre Hand auf ein schwarzes Samtkissen legen. Dann bekam sie einen Tropfen Parfüm auf den Handrücken geträufelt. Wenn sich der Duft durch die Wärme entfaltet hatte, forderte Ehrmanns Tochter in bescheidenem Ton auf daran zu riechen. Dann erläuterte sie den Duft. Glücklich war ich, wenn sie endlich den Satz aussprach, an dem ich mich nicht satt hören konnte: „Das sind die Blütendüfte von Marbert". Besonders die Blütendüfte waren ein Ereignis. Sie spitzte den Mund, schob die Lippen fein nach vorne und wagte es „Plüütendüfte" auszusprechen. Wenn sie dann bei der Firma „Maar--bert" angekommen war, dann brach für mich eine neue Welt an in unserem noch ländlich riechenden Städtchen. Aus dem schwäbisch geformten Mund drangen, in schwäbischer Sprachmelodie, neue und feine Worte hervor. Vorsichtig mussten sie in den Mund genommen werden. Das Schwäbisch wurde so zerbrechlich wie die flacons in der Vitrine.

Schwäbisch und Honoratioren-Schwäbisch

Ich bin zweisprachig. Zu der Überzeugung kam ich, als ich das Schwäbische zu verlernen begann. Am Telefon mit meiner Mutter, beim Besuch der Verwandtschaft brauchte ich nur die Melodie des ersten schwäbischen Satzes zu hören, schon zögerte ich mit meinen Worten, brachte kein Hochdeutsch mehr über die Lippen und fiel dann mit Wohlbehagen ins Schwäbische. Manche besonders kernige Wörter waren mir schon entfallen, doch die Melodie gelang mir wieder.

Jedesmal wundere ich mich darüber, dass in Württemberg die Erwachsenen sprechen wie ich als Kind. Wenn ein erwachsener Mensch zur Kuh völlig ernsthaft „Küele" sagt, oder mich begrüßt mit „Des isch glatt, dass mir ons widder amol sehet". Warum verwendet er Kinderwörter wie Küele oder das unmögliche Wort „glatt", für lustig, schön? Meine Kinderwelt umfängt mich mit Macht. Das Hochdeutsche klingt jetzt wie eine fremde Sprache. Ich werde ratlos, wenn ich über das reden soll, was in meiner Welt wichtig ist. Die Worte fehlen, oder es klingt geschraubt, falsch, belanglos.

Vielleicht amüsiere ich mich heute deshalb so über das Honoratioren-Schwäbisch. Das Schwäbisch der Stuttgarter wird so genannt. Doch es ist weit verbreitet, auch in der Provinz. Oft ist es unvermeidlich. Viele der neuen und abstrakten Wörter aus Technik, Politik und Verwaltung gibt es nicht im Schwäbischen. Freiheit, Lohnsteuererklärung, Personalausweis gab es nicht in den alten Zeiten, in denen sich das Schwäbische herausbildete. Nun muss „Antiblockiersystem" ins Schwäbische eingebaut werden, wie ins Türkische der türkischen Arbeiter.

Doch richtig komisch wird das Honoratioren-Schwäbisch erst, wenn der Drang zum Höheren übermächtig wird. Viele wollen nicht mehr sprechen wie die Bauern und Handwerker. Sie fürchten, dass ihr Schwäbisch sie als unmodern, ungebildet enttarnt. So übt sich jeder auf eigene Manier sein Schwäbisch zu heben, zu verfeinern und an die modernen Zeiten anzupassen.

Das Probleme dabei ist: das Maul ist nun einmal schwäbisch gewachsen. Die Laute, die wir als Kinder lernen, formen Zungen- und Mundbewegung. Komisch, manchmal tragisch wird es, wenn wir aus unserer Herkunft, aus unserem schwäbischen Maul herauswollen, uns schämen für die alte Welt, die in unserem Dialekt verkörpert ist, die uns anhängt, die wir nicht loswerden, obwohl wir doch längst schon in einer anderen Welt leben. Der Gesichtsausdruck verrenkt sich, wird bedeutend, so als stünde er im Bann eines Höheren.

Schwäbisch: Freundlich - böse

Im Schwäbischen klingt alles freundlich und heimelig. Doch natürlich sind hier die Menschen genauso gut und schlecht wie anderswo. Im Schwäbischen kann Freundlichkeit und Engherzigkeit in solchen Extremen ausgedrückt werden, wie ich sie mir im Hochdeutschen nicht vorstellen kann.

Freundlichkeit, die bei meiner Tante Clara, beim Christian „Ehne", oder bei Tante Therese aus der ganzen Person strahlte. Das Schwäbische lässt die Freundlichkeit des ganzen Menschen in die Spra-

Schwäbisch

che überströmen. Auch im Alltag, auf der Post, dem Rathaus, in der Bäckerei. Oft wird hier gemächlich und freundlich gesprochen. Oft gelingt es mit der Färbung der Worte, mit drolligen Formulierungen dem anderen eine Freude zu machen, ihn zum Lächeln zu bringen.

Zugleich ist das Schwäbische zum Ausdruck einer engherzigen Bosheit fähig, die mir noch heute das Herz gefrieren lässt. Die einen stoßen die schrecklichen Drohungen aus wie „Saubua, do gosch her, dir gebbes". (Saubub komm her, dir gebe ich es). Schlimmer sind die „Scheinheiligen", wie wir Kinder sie nannten, sie sind nicht offen böse. Sie verbreiten eine gemütliche Stimmung, in der sich die Bosheit verbirgt. Der Tonfall fordert die Zustimmung, spinnt mich ein, fordert mich dauernd auf „Ja" („Ha jo, so ischs") zu sagen. Fast unmöglich dieser Rechtschaffenheit zu widersprechen, aus diesem Gespinst der Gemeinsamkeit auszubrechen.

Schwäbisch mit Eugen Gerstenmaier

Schlimmstes Beispiel für den Schrecken der Rechtschaffenen war die Wahlveranstaltung mit Eugen Gerstenmaier, dem Backnanger CDU Bundestagsabgeordneten und Bundestagspräsidenten. Ich ging mit meinem Schulkameraden Werner dort hin. Der Saal in der Sonne-Post war voll besetzt. Wir hatten damals schon am Ostermarsch teilgenommen, die feurigen Reden des Stuttgarter Betriebsrats Fritz Lamms gehört. Gerstenmaier, ich hatte einen Riesen erwartet, war ein überraschend kleines Männchen. Er redete in schönstem Honoratioren-Schwäbisch für Wiederbewaffnung und Atombomben. Die Diskussion wurde eröffnet, niemand meldete sich. Mein Schulkamerad Werner fasste sich ein Herz, stand auf und fragte Gerstenmaier, was das C heute noch in dem Parteinamen CDU heißt und ob man sich heute noch daran hält. Er wollte etwas verklausuliert darauf hinaus, dass die CDU heute nicht mehr christlich ist. Sein Pech war, dass er das von Gerstenmaier hören wollte, statt es selber zu sagen.

Schwäbisch

CDU - Kreisverband Backnang

Öffentliche Versammlung

in der „Sonne-Post", Sonntag, 22. Febr. 1953, 19.30 Uhr

Es spricht:
Bundestagsabgeordneter D. Dr. Eugen Gerstenmaier
zu dem Thema

„Ist der Friede zu retten?"

- Vordringliche Aufgaben der äusseren und inneren Politik -
Freie Aussprache
        Die gesamte Bevölkerung ist dazu eingeladen

Aufrüstung, das Thema Gerstensmaiers über mehrere Jahre (Murrhardter Zeitung)

Gerstenmaier, schlau wie er war, fiel nun aus dem Honoratioren-Schwäbisch ins breiteste Schwäbisch: „Do wellet die Kerle „gebildet" sei - und wisset net amol, was des C in CDU heißt." (Da wollen die Jungs „gebildet" sein und wissen nicht einmal was das C in CDU bedeutet) „Gebildet" sprach er mit gespitztem Mund aus, wie Ehrmanns Tochter „Marbert". Der ganze Saal lachte. Gerstenmaier verstand es glänzend mit den verschiedenen Ebenen im Schwäbischen zu spielen und uns Andersdenkenden zu vernichten. Ich war wie gelähmt. Keiner von uns war zu einer Erwiderung fähig.

Durch die Stadt ging die Neuigkeit: der Klavierlehrerin ihr Junge weiß nicht einmal was des C in CDU heißt. „Und der wills „Abitur" mache und „gebildet" sei". „Mr sodds net glaube, so´n Halbbachel" (Kaum zu glauben, so ein Halbidiot).
Das Schwäbisch des Herrn Gerstenmaiers holte uns zurück nach Murrhardt. Wir konnten uns nicht wehren. Mit unserem Ausflug in die linke, pazifistische Stuttgarter Welt hatten wir uns lächerlich gemacht.

Schwäbisch

Sartre

Die Murrhardter Volkshochschule veranstaltete eine Vortragsreihe zum Thema Philosophie. Ich ging zum Abend über Sartre. Ein würdiger Referent, ein Professor, den der Volkshochschul-Direktor Seibold ehrfurchtsvoll ankündigte, ergriff das Wort. Über die „exischtenzialischtische Essigsäure eines Schang Paul Sartre" werde er sprechen. Exischtenzialischtisch, ließ sich nur langsam aussprechen, „Essigsäure" nur mit gespitztem Mund. Umso größer waren die Möglichkeiten, damit eine grenzenlose Verachtung und Spott auszudrücken. Sartre war kaputt, bevor die Zuhörer etwas von ihm wussten. Für mich war er ab jetzt jedoch der Größte. Das Honoratioren-Schwäbisch machte ihn zu meinem Helden. Und dazu brauchte ich nichts von ihm lesen. Es war klar, er muss gefährlich sein, wie Nietzsche.

Akkordeon

Akkordeon mit Lehrer Wetzstein.

Mein Akkordeonlehrer Herr Wetzstein (er hieß tatsächlich so), saß in der Übungsstunde seitlich hinter mir. Er hatte kein Instrument in der Hand, er spielte mir nie etwas vor. Ich starrte auf die Noten und er kritisierte, wenn ich daneben griff. Ich zog den Balg bis es nicht mehr weiter ging, dann drückte ich ihn vollständig zusammen. Beides tat ich kräftig, damit das Akkordeon laut schallt.

Wie Musik klingt, wusste ich nicht. Fehlerfrei musste sie für Herrn Wetzstein sein. Er schrieb den Fingersatz über die Noten, das war seine einzig nützliche Tat. Zum Schluss der Stunde schrieb er das Datum mit Bleistift auf das Notenblatt, das ich bis zum nächsten Mal üben sollte.

Deshalb weiß ich heute, dass ich am 18.11.1952 den Marsch „Musikantenblut" aus dem Holzschuhverlag spielen musste. Die Notenblätter, das Stück für 1,20 DM, hatten bunte Titelblätter. Für den Ländler „'s Hüttenmaderl" wirbt eine tanzende Sennerin, für den Walzer „Jugendliebe" küssen sich zwei in Älplertracht verkleidete Kinder. Der Ländler „Duliöh" ist besonders schön ausgestattet: eine Sennerin singt mit aufgerissenem Mündchen, ihren weit schwingenden Rock ziert ein Saum mit Herzchen. Den Ländler „Bergsommer" hat der Verleger Alfons Holzschuh sogar selber komponiert. Auf dem in grasgrüner Farbe gedruckten Titelblatt liegt ein Harmonikaspieler im Gras und bringt seiner Angebeteten ein Ständchen. Beide wieder in Älplertracht. Akkordeonmusik kam für mich aus den Alpen. Außerdem gab es noch Seemannslieder und die Militärmärsche. Diese wenigstens waren sparsam bei den Titelblättern. Die „Alten Kameraden" schmückte nur ein bescheidenes Eichenblatt.

Akkordeon

Wenn ich zu Hause übte, dann saß ich im Wohnzimmer, in dem auch gegessen und die Haushaltsarbeiten verrichtet wurden. Der Notenständer stand auf dem Esstisch. Und trotzdem war meine Musik nicht Teil des Alltags. Ich spielte ohne Resonanz, nur für mich allein. Niemand setzte sich einmal neben mich und hörte zu oder sagte etwas Aufmunterndes.
So lernte ich, dass Musik Zeitverschwendung ist, nur von wichtigeren Arbeiten abhält. Aufmerksamkeit bekam die Musik nur, wenn

Besuch kam. Dann musste ich etwas vorspielen, tat es widerwillig und machte Fehler.
Ich gewöhnte mir an, immer gleich laut zu spielen. Das Tempo zu halten interessierte mich nicht. Bei schweren Stellen spielte ich langsam, bei leichten schnell. Die Musik fand in meinem Kopf statt. Ich hörte die Musik nicht durch die Ohren der anderen. Und wenn ich mal laut oder leise spielte, dann an den falschen Stellen. Meine Musik muss unartikuliert geklungen haben, so als wäre ich taub.
„Du spielst zu laut", das war die einzige Reaktion, an die ich mich erinnere. Erst später habe ich begriffen, dass das als menschliche Zuwendung gemeint war. „Zu laut" sollte heißen, dass ich nicht schön spiele. Ein Urteil, das ich nicht begreifen konnte. Schon nach einigen leisen Takten quälte ich den Balg wieder kräftig und gleichgültig.

Die Musik, die ich spielte, hatte nichts zu tun mit der Musik, die ich schon ein Jahr später in den Dorfkneipen tanzte: Rock´n Roll zu Bill Haley.
Ich wäre nie auf die Idee gekommen auf dem Akkordeon Bill Haley nachzuahmen. Der Rhythmus, der in dem Akkordeon eingebaut schien, das Um ta ta der Walzer, Ländler und Rheinländer, das Um ta Um ta der Märsche zerstörte jede Phantasie, blockierte jedes Experiment. Moderne Akkordeon Musik habe ich als Jugendlicher nie gehört.

Akkordeon, das „tote Instrument"

Von meinem Schulkameraden Werner hörte ich: Akkordeon ist ein totes Instrument. Ich glaubte ihm das und wusste nicht, auf welch schönem Instrument ich spielte, welchen Schatz ich in den Händen hielt. Anfangs war es eine kleines weißes mit 32 Bässen von Hohner, dann ein rotes Hohner Concerto III mit 72 Bässen. Wegen Klang und Qualität der Verarbeitung heute gesuchte, wertvolle Instrumente.
Das verachtete Akkordeon hat Musikgeschichte gemacht. Das war eine späte Genugtuung, als ich das zum ersten Mal hörte. Millio-

nenfach aus Trossingen, Klingenthal, Gera, Castelfidardo usw. in alle Welt exportiert, verhalf es der modernen, populären Musik zum Durchbruch. Es war laut, leicht zu spielen und ersetzte eine kleine Kapelle. Jeder konnte Musik machen. Ohne Lehrer, ohne Notenkenntnisse.

Mit meiner Musik aus dem Holzschuh Verlag war ich nicht dabei. Das Akkordeon öffnete mir nicht die Tür zur modernen populären Musik. An der Stelle empfinde ich am schmerzhaftesten, dass eine ganze Epoche an mir vorbeigerollt ist. Weder die Freuden des Bildungsbürgers, noch die der Pop und Rock Fans meiner Generation habe ich auf meinem Instrument erlebt.

„Gefährlich": Nietzsche und Benn.

Bei Tante Wuddel stand eine 2-bändige Nietzsche-Ausgabe hinter Glas im Wohnzimmerschrank. Auf dem Buchrücken in Goldprägung eine Schlange, die sich in den Schwanz beißt.
Sensationslüstern fragte ich sie, ob sie das gelesen hat. Sie war ganz erschrocken, so als hätte ich sie bei einer Sünde ertappt. Ohne den Namen auszusprechen, sagte sie mir: „Der ist ganz gefährlich, den lese ich erst, wenn ich in Rente bin".
Es war noch im alten Schulhaus in Backnang. Ich war Fahrschüler. Als ich die Lust am Skatspielen verlor, begann ich mich mit Ernst zu befreunden. Ernst stieg in Oppenweiler zu. Er war der einzige, der etwas von Nietzsche gelesen hatte. Er berichtete uns von den ungeheuren Dingen, die er in einem Reclam Bändchen entdeckte. Ich kannte nur einige Spruchweisheiten aus readers digest, die seinen Ruf als gefährlichen Denker belegen sollten. „Wenn du zum Weibe gehst..." usw.
Ernst las auch Gedichte von Benn. Ich sehe ihn lächelnd vor mir. Ein Lächeln in sich gewandt. Er lächelte, wenn er Verse zitierte, blickte kühl und desillusioniert, so als kenne er das Räderwerk der Welt, als käme er aus dem Leichenschauhaus, als hätte er den Dreck und das Blut gesehen hinter dem schönen Schein. Und er lächelte auch über mich und meine Einfalt, die sich schon radikal genug vorkam mit der Ablehnung von Schiller Balladen oder den Pietisten, Stundenbrüdern, Betschwestern, Sakristeiwanzen, Hasenmetzgern, die ich verfluchte.
Gedichte waren für mich langatmig, ausgeschmückt mit veralteten Gefühlen und Weisheiten. Sie schlugen nicht durch meine Abwehr, nach dem pflichtgemäßen Aufsagen vergaß ich die Gedichte sofort. Doch wenn Ernst etwas von Benn vorlas, zwischen den Zeilen die Luft durch die Zähne zurückzog und lächelte – dann höre ich es noch heute wörtlich:

Mensch armer Hirnhund, schwer mit Gott behangen.
Ich bin der Stirn so satt

„Gefährlich": Nietzsche und Benn.

Oder:

O daß wir unsere Ururahnen wären.
Ein Klümpchen Schleim in einem warmen Moor.

Das waren gefährliche Gedanken. Ich kam mir noch kühner vor als in meinem Hass auf die Scheinheiligen und die Murrhardter Honoratioren. Ein Portrait Nietzsches auf dem Totenbett zierte die erste Seite der zweibändigen Ausgabe (die mit der Schlange). Es wirkte auf mich und steigerte die Gefährlichkeit der Gedanken, die Ernst mir vorlas. Welches Grauen mussten diese Augen gesehen haben. Nur der gewaltige Schnauzbart wunderte mich. Das Walroß im Album meiner Voss-Margarine Bilder hatte auch so einen.

Fabrik und Baustelle

Handstand, gedrückt

Es war wie ein Wunder. Plötzlich konnte ich ihn, den Handstand auf dem Barren. Einen Handstand nicht aus dem Schwung, sondern langsam, in Zeitlupe, aus der Armstütz, „gedrückt". Dazu fehlte mir lange die Kraft. Schon auf halber Höhe begann ich bisher zu zittern und sank ein.
Die Kraft entstand auf wundersame Weise in den Schulferien. Meine Mutter zwang mich regelmäßig in den Ferien zur Arbeit auf dem Bau oder in der Fabrik. Ich sollte Geld verdienen und die schwere körperliche Arbeit kennen lernen.
Wofür das verdiente Geld der Ferienarbeit diente, weiß ich nicht mehr. Aus meinem Traum, einem Plattenspieler, wurde jedenfalls in all den Jahren nichts. Doch ganz gut erinnere ich mich an den ideellen Mehrwert meiner Ferienarbeit. Es war erstaunlich, wie schnell ich dabei zu körperlichen Kräften kam. Körperliche Arbeit und Handwerksarbeit verehre ich seither. Sie gibt Kraft und Geschicklichkeit. Dazu kamen noch vielfältige Folgenutzen der Ferienarbeit. Ich blickte in fremde Welten und lernte, dass alles anders sein kann, als es scheint. Und dass es noch etwas anderes gibt als die Bessaraber und die Murrhardter Bürger.

Vor dem gelungenen Handstand arbeitete ich einen Monat auf dem Bau. Bis heute erinnere ich die verschiedenen Bauarbeiten anhand der Muskelpartien, die dadurch gestärkt wurden.
Maschinen gab es auf dem Bau nicht. Ich musste Schubkarren mit Sand oder Mörtel beladen und über Baudielen balancieren. Zu zweit mischten wir den Speis (Mörtel) mit Schaufeln aus Sand, Zement und Wasser. Ein kräftiger Bauarbeiter amüsierte sich über mich Schüler, er legte ein schnelles Tempo vor und ich wollte mithalten und nicht schlapp machen. Den Speis zog ich in Eimern über eine Seilrolle das Gerüst hoch. Handschuhe gab es nicht. Ich musste riechen, welcher Maurer bedient werden muss, bevor er lauthals „Speis" schrie. Viele Tage verbrachte ich im Fundament

des neuen Konsums am Marktplatz. Ausgehoben wurde das Fundament mit Spitzhacke und Schaufel. Ich musste den Lehm nach oben, über Kopf auf die Straße werfen. Der Lehm war nass, klebte an der Schaufel und das Fundament wurde immer tiefer.

Als das Turnen nach den Ferien wieder losging, hatte ich harte und größere Hände. Muskeln mussten mir in den Armen in Bauch und Rücken gewachsen sein. Auf dem Barren streckte ich die Brust heraus und schwebte fast mühelos in den Handstand. Der Turnwart, ein kleiner freundlicher Mann, staunte und lächelte zufrieden, als wäre ich sein Werk.

Mit dem gedrückten Handstand begann mein Einzug in die Mittelklasse, den fortgeschrittenen Turnern.

Kunst in der Fabrik (MPV, Pelzveredlung)

Ferienarbeit in Frankes Pelzveredlung (MPV). Die Fabrikhallen befanden sich in einem Obergeschoss der Lederfabrik Schweizer. Die angelieferten Felle von Kühen, Pferden, Schafen, Ziegen wurden hier gegerbt, gebleicht und gefärbt. Erstaunt war ich über die Verwandlung des Fells einer Kuh in ein Zebrafell. Das war kein Einzelfall. Felle vom Schaf wurden geschoren, gefärbt und sahen dann aus wie ein Nerzfell. Andere sollten aussehen wie Plüsch, denn der galt damals noch als etwas ganz Besonderes. In den dunklen Fabrikhallen standen die Bottiche und Fässer, in denen die Felle schwammen. Der Fußboden war hier nass. Ich musste vorsichtig gehen, um nicht hinzufallen.

An den Wänden zwischen den Bottichen hingen Gemälde. Ihre Farben leuchteten aus dem Dunkel. Ich tastete auf ihnen herum, weil ich wissen wollte, ob das Drucke sind. Es waren Originale in Öl gemalt. Im Kunstunterricht und bei Tante Therese hatte ich ähnliche Bilder gesehen. Und gelernt, dass das expressionistische Bilder sind. Teure, zu verehrende Schätze in Museen. In Frankes Pelzveredlung hingen sie in der Fabrikhalle. Hier ging es laut zu und es stank.

Der Geschäftsführer saß in einem Glasverschlag an seinem Schreibtisch. Als er hörte, dass ich aufs Gymnasium ging, lud er mich und meine Vorarbeiterin zum Kaffee ein. Das war ein seltener

Fabrik und Baustelle

Vorgang. Ich merkte es daran, dass meine sonst nicht auf den Mund gefallene Vorarbeiterin ehrfurchtsvoll dasaß und schwieg. Der Geschäftsführer war freundlich und gesprächig. Hinter ihm an der Wand hing ein großes Gemälde, auf dem Christus am Kreuz hängend dargestellt war. Mir wurde fast schwindlig, denn der Blick auf Jesus war extrem von oben und Jesus verkürzte sich atemberaubend. So etwas hatte ich noch nicht gesehen. Als der Geschäftsführer meine Verwunderung bemerkte, drehte er sich um, blickte mit etwas Stolz, doch auch wie selbstverständlich auf das Gemälde und sagte: „Das ist von Dali". Von ihm wusste ich nichts, erst später habe ich nach dem Titel des Gemäldes gesucht. Es war Dalis *„Christ of Saint John of the Cross"*.

Ich weiß nicht, wie das Bild in die Fabrik kam, ob es eine Kopie war, ob Dali mehrere Bilder des Motivs malte. Zu meinem Pech war ich im Büro nicht sprachlos wie meine Vorarbeiterin, sondern ich muss den Geschäftsführer wohl mit meinen Fragen beeindruckt haben. Denn seither war ich für anspruchsvollere Arbeiten vorgesehen. Nun durfte ich Felle in großen Kartons verpacken. Diese Karriere war ein Eigentor, denn nun musste ich zählen, um die richtige Menge zu verpacken. Ich musste mich konzentrieren, ich durfte mich nicht verzählen. Seither schätzte ich in meinen Ferienjobs die einfache, monotone Arbeit, die kaum Konzentration erfordert und bei der ich meinen Phantasien nachhängen konnte.

Bloß keine Karriere

So erwachte ich auch böse bei einem anderen Karriereschritt. Der Chemiker der Pelzveredelung interessierte sich für mich, weil er von meinen chemischen Kenntnissen gehört hatte. Er holte mich ins Labor. Mit meinen Erzählungen über meine chemischen Experimente im Kinderzimmer musste ich ihn beeindruckt haben. Denn er ließ mich völlig selbstständig eine Farbmischung für ein Fell herstellen. Das Schaffell sollte braun werden. Ich errechnete aus den Tabellen eine Farbmischung und rührte sie an. Als ich das Fell aus der Wanne zog, war es rosa. Der Chemiker blieb freundlich, ich durfte wieder in die Fabrikhallen zurück.

Frauen, wenn sie in größeren Gruppen lärmend durch die Halle zogen, waren der Schrecken der Männer. Wer sich nicht davonmachte, den verspotteten sie, machten zweideutige Bemerkungen, oder griffen ihm gar zwischen die Beine. Besonders auffällig dabei eine schöne, kräftige Frau mit offen getragenen roten Haaren und großem Busen. Sie blickte uns herausfordernd an, lachte. Ich war voller Bewunderung.

Im Vortäuschen von Arbeit fand ich meine Lehrmeister. Sie lehrten mich, wie ich arbeitseifrig aussehe. Um scheinbar schnell zu gehen, musste man nur kurze Schritte machen. Wichtig war eine beschäftigte Haltung einzunehmen, aufmerksam und nicht verträumt zu blicken, sich nicht hinzusetzen – solange einen die Vorarbeiter oder Meister sehen konnten. Unsere beste Inszenierung wurde das Salzholen. Wir lagen eine Stunde im Salzkeller, dösten und ich träumte von der Rothaarigen. Bei der Rückkehr erfanden wir wunderbare Ausreden, warum das so lange gedauert hat. Die Batterie des Elektrokarrens („Ameise" genannt) war leer, oder das Salz war zu Ende und musste aus einem anderen Keller herbei geschafft werden.

Eine Stunde im Salzkeller liegen! Welcher Triumph! Er entschädigte mich für die Langeweile einer ganzen Woche.

Halbautomat (Fa. Schumm)

Diese Tricks hatten ein Ende bei der Firma Schumm. Hier wurde ich an einen Halbautomaten gestellt. Damit wurden Einmalhandschuhe aus einem kontinuierlich abrollenden Folienschlauch gestanzt und gleichzeitig zusammen geschweißt. Die Geschwindigkeit meiner Arbeit war durch das rotierende Förderband vorgegeben. Das Stanz- und Schweißaggregat erzwang den Takt meiner Handbewegungen. Das erforderte volle Konzentration. Wenn ich zu langsam oder nicht aufmersam war, dann verwickelte sich alles und ich erzeugte gewaltige Mengen Ausschuss.

Die Arbeit am Halbautomaten wurde mein Alptraum. Ich sehnte mich zurück in die Pelzveredlung. Dort war die Langeweile mein Problem. Zwischen 14 h und 15h blieb die Zeit stehen. Die Arbeit hatte kein Ziel, es entstand kein Werk. Es musste nur die Zeit verstreichen. Ich musste mich mit Phantasien in Trance versetzen um

Fabrik und Baustelle

die nicht vorwärtsrückende Zeit zu vergessen und trotzdem richtig zählen.

Beim Halbautomat wurde mir selbst diese kümmerliche Flucht versperrt. Nicht die Zeit musste verstreichen, sondern meine Hände und mein Kopf wurden voll beansprucht um im Takt der Stanze zu funktionieren. Panik befiel mich. Es war mir, als würde meine Lebenskraft ausgesaugt. Der Einrichter hatte ein Einsehen. Er wollte mich anlernen. Doch ich hatte schon begriffen, was zu tun ist. Ich stellte mich lernbegierig an und produzierte absichtlich gewaltige Mengen Ausschuss. So bekam ich einen einfacheren Arbeitsplatz. Schumm erzeugte auch Frühbeete aus Plastik in Tunnelform. Die Frühbeete mussten mit Stäbe versehen und verpackt werden. Zu meinem Glück musste ich dabei nur auf zwölf zählen. Ich war mit der Langeweile und meinen Phantasien wieder allein.

Arbeit – Akkordarbeit (Gamper/NIL)

Bei der Firma Gamper, dem Erfinder der Klosettspülung (Marke NIL), wurde ich an eine Revolverdrehbank gestellt. Ich baute damit keine Revolver, wie ich zuerst aufgeregt dachte. Es ging nur darum, mit verschiedenen Werkzeugen ein Stück Messing zu bearbeiten. Die vier oder fünf Werkzeuge saßen auf einem drehbaren Kreuz, dem Revolver. Mit ihnen bohrte ich, schnitt Gewinde innen und außen, glättete Grate. Öl lief zur Kühlung auf das Werkzeug, wurde heiß, verdampfte. Wenn ich in die Fabrik kam, roch ich das Öl. Noch heute gehe ich gerne an der Firma Gamper vorbei und rieche denselben, fast süchtig machenden Geruch des heißen Öls.

Eines Tages kam ein „Stopper" mit einer Stoppuhr an meine Maschine. Er ließ die Stoppuhr laufen und zählte, wie viele Stücke ich pro Minute fertig brachte. Ich strengte mich an, fuhr die Werkzeuge ins Messingstück bis an die Grenze dessen, was sie aushalten. Der Stopper rechnete. Ich hatte fast die doppelte Stückzahl von dem geschafft, was an dieser Maschine üblich ist. Ich war begeistert von mir. Als der Stopper wegging, kam ein Arbeiter zu mir und sagte, ich sei ein Halbdackel, ich hätte den „Akkord versaut". Voller Verachtung blickte er mich an: „Willsch du uns kaputt mache?" Obwohl ich als Schüler im Stundenlohn arbeitete, wusste ich

Fabrik und Baustelle

schon, was der Akkord war. Man wird für das Stück bezahlt. Aber ich wusste nicht, wie der Akkord zustande kommt. Ich dachte, dass die Stückzahl eben so ist, wie sie ist. Doch worum dann der Stopper? Warum konnte ich kleiner Schüler die Arbeiter kaputt machen? Ich grübelte an meiner Revolverdrehbank und kam zu dem Ergebnis, dass ich weder den Stopper täuschen, noch den Arbeitern schaden wollte. Was das praktisch heißt, habe ich in der Firma Gamper nicht mehr herausbekommen. Welche Stückzahl wäre denn richtig gewesen? Gezeigt hat mir das niemand. Beim Gamper war alles anders als in der Pelzveredlung. Dort war Faulenzen und Arbeit vortäuschen unser Sport. Wir wussten, dass wir Halunken waren.

Beim Gamper wollte ich alles richtig machen. Die Fabrik gefiel mir. Es roch gut. Messing war wunderbar zu bearbeiten. Meine Revolverdrehbank war mein Traum. Was ich damit herstellte, passte in die perfekt konstruierten Wasserhähne und Klospüler. Sie waren nützlich und überall in den Häusern und Wirtschaften im Gebrauch. Ich arbeitete bessarabisch, ordentlich. Das war auch falsch. Meine Revolverdrehbank war übrigens schon damals ein Auslaufmodell. Eine gewaltige Maschine stand, alle anderen Maschinen überragend, einsam in der Halle. Ehrfurchtsvoll wurde sie „NC-Maschine" genannt. Fast fertige Wasserhähne kullerten aus ihr heraus. Hinter Plexiglas-Türen rotierten atemberaubend schnell viele Werkzeuge, nicht nur die fünf meiner Revolverdrehbank. Niemand bediente die Maschine. Ich hörte, dass sie sich selber steuert. Sie müsste nur noch eingerichtet und gewartet werden. Der Arbeiter, der die Maschine wartete, trug keinen „blauen Anton" mehr, sondern einen Kittel. Doch das heiße Öl roch noch genauso gut wie bei meiner Revolverdrehbank.

Bauern

Bauern

Onkel Albert in seinem Feld (1950). Er war der Einzige in meiner Verwandtschaft, der nach der Flucht wieder Bauer werden konnte.

Bauern

Bauernhof in Württemberg

Onkel Albert, der Bruder meines Vaters, war der Einzige aus meiner Verwandtschaft, dem es gelang wieder Bauer zu werden. Er heiratete 1949 eine Bauerntochter, Tante Clara. Meine Schwester, damals fünf Jahre alt, war ausersehen den Brautschleier von Tante Clara zu tragen. Diese ehrenvolle Aufgabe endete mit einer kleinen Katastrophe, die nur auf einem württembergischen Bauernhof passieren konnte. Die Küche hatte drei Türen: eine in den Hof, die andere auf die Miste, die dritte ins Klo. Meine Schwester verwechselte die Tür und fiel in die Miste. Mit ihrem langen blauen Kleid, das meine Mutter extra für die Hochzeit genäht hatte. Ute wurde verdroschen, musste in die Badewanne und dann zur Strafe ins Bett. Den Braut-Schleier trug ein anderes Mädchen.

Diese Geschichte prägt mein Bild von der württembergischen Landwirtschaft. Nicht gestört hat mich, dass die Küche nach Miste roch, sondern dass sie voller „Muggen" (Fliegen) war. Bevor ich vom Butterbrot abbeißen konnte, musste ich erst eine dichte Schicht von Muggen verscheuchen, die auf der Butter saßen. Das gefiel mir nicht. Sie setzten sich auf die Hände, auf die Nase und summten vor den Augen. Ich begann mich über die Muggen zu ärgern. Sie summen seither vor meinem Bild der württembergischen Landwirtschaft, die ich doch über alles liebte.
Der Hof wurde ein paar Jahre später aus dem Dorf in die Feldflur ausgesiedelt. Moderne Zeiten begannen: Wohnhaus und Kuhstall waren nun getrennt, die Miste weit entfernt. Wie zwei Kirchtürme standen die hölzernen Silotürme. Für Bulldog, Wagen und die Maschinen war Platz in geräumigen Schuppen. Der Kuhstall war hell und hatte eine mechanische Entmistung. Die sei mehr wert als ein Mercedes, sagte mir Onkel Albert.

Tante Clara

Tante Clara, Onkel Alberts Frau, strahlte von innen, wenn sie mit uns redete. Ich hing fasziniert an ihren Augen. Was sie sagte, verstand ich nur halb. Sie sprach das Schwäbisch eines mir unbekannten Schlags. Sie bewegte den Mund breit, fremde, altertümliche

Worte kamen heraus. Nicht der oft schrille und schnelle Sopran des bessarabischen Schwäbisch. Eher ein Bass, der sich mühen muss, um den Ton zustande zu bringen.
Um das Haus und den Kuhstall herum hatte sie Blumenbeete angelegt. Wann immer wir zu Besuch kamen, leuchteten sie. Sie rief uns, als sie nicht mehr die Kraft hatte, alles so schön in Stand zu halten. Sie wollte uns einige ihrer Stauden schenken. Heute blühen die dunkel-lila Lilien, das blaue sibirische Vergissmeinnicht und die gelben Mädchenaugen in unserem Garten. Jedes Jahr neu sprießen sie aus dem Boden, vermehren sich und wir verschenken sie weiter. Wenn ich die Stauden blühen sehe, sage ich zu mir: Die sind von Tante Clara. Lebendig steht sie vor mir, unsterblich. Wie sie spricht mit ihrem großen, sich mühsam bewegenden Mund und den strahlenden Augen.

Enterbt. Onkel Franz und die Quickly

Onkel Franz war Knecht beim Bauern Sammet in Siebenknie wie mein Onkel Heinrich. Wegen Onkel Franz freute ich mich aufs Wochenende. Dann kam er zusammen mit meinem Onkel Heinrich herunter zu uns nach Murrhardt. Er hob mich hoch, drückte mich an sich und kratzte mich mit seiner unrasierten Backe. Beide amüsierten sich, wenn ich mich sträubte. Ich mochte ihn trotzdem, denn er verbreitete eine lustige und freundliche Stimmung.
Beinahe wäre die Sensation geschehen, beinahe wäre er einer der wenigen Bessaraber gewesen, die wieder Bauer wurden. In meiner Verwandtschaft gelang das nur meinem Onkel Albert. Onkel Franz und Heidrun, die Tochter von Sammet, verliebten sich, wurden ein Paar, heirateten. Onkel Franz war ein fleißiger Mann. Der Hofübergabe stand nichts im Wege.
Leider war das Verhältnis von Onkel Franz zum alten Sammet schlecht. Ihn ärgerte, dass der Alte abends mit seiner Quickly (Moped) nach Murrhardt in die Wirtschaft fuhr und nachts betrunken zurück kam. Seine Wut darüber sprach Onkel Franz offen im Dorf aus. „Die Quickly schlag ich kaputt. Das ist das Erste, was ich mache, wenn ich den Hof erbe".
Dem alten Sammet kam das zu Ohren. Onkel Franz und Heidrun

wurden enterbt. Onkel Franz ging als Hilfsarbeiter in die Lederfabrik. Später zog er und Heidrun nach Murrhardt um. Der Hof wurde verpachtet und später aufgelöst.
Der Stall war das Erste, was ich suchte, als ich heute nach Siebenknie wanderte. Ich fand ihn nicht mehr. Er war abgerissen. Das Bauernhaus war umgebaut, ich erkannte es nicht mehr.
In Siebenknie ist der Ruf von Onkel Franz gut. Die 5 ha Wald und ein Stückle, die er und Heidrun erbten, hat er bis zu seinem Tode ordentlich gepflegt. Mit der Lederfabrik hat er sich dann doch abgefunden. Dort sei es ihm besser ergangen als auf dem Hof.

Ein Großbauernsohn wird Facharbeiter.

Alles was mein Onkel Heinrich (der Bruder meiner Mutter) mir sagte, lehnte ich ab. Er drangsalierte mich, mischte sich in die Erziehung ein. Es war besser, wenn er mich nicht sah, er hatte immer eine Arbeit, oder etwas passte ihm nicht. Auf den alten Familienfotos aus Bessarabien steht er da in blanken Lederstiefeln, Karakulschaf-Kappe, Pferden. Die typische Haltung des Großbauern. Das ist mein Kinderblick. Doch was wurde aus ihm in Murrhardt?
Nachdem seine ganze Familie ausgestorben war, fand ich die schriftlichen Hinterlassenschaften: Aktenordner mit Bankbelege, Briefen, Behördenschreiben, Rentenverlauf, Rechnungen, Quittungen, Bauplänen, Akten zum Lastenausgleich, usw. Ich fand auch Fotoalben, Dia-Magazine, säuberlich geführte Einnahme-Ausgaben Hefte.
Sorgfältig abgeheftet sind seine Briefe zur Suche nach Zeugen für seine Kriegsverletzung. Er starb an Herzversagen. Die Herzkrankheit hatte sich im Krieg durch einen elektrischen Schlag zugezogen. Er berührte das herunterhängende Kabel eines Hochspannungsmastes. Gesammelt und sorgfältig abgeheftet sind die Zeitungsausschnitte vom Jubiläum der Lederfabrik, die Jubiläumsschrift samt Originalfotos. Seine Frau, Tante Friederike, fügte hinzu die Zeitungsausschnitte der Todesanzeige, die Grabspenden.
Von 1945 bis 1948 war Onkel Heinrich Knecht bei Bauern in Siebenknie. 1948 ersuchte er „um Zuteilung einer Landwirtschaft aus der Siedlungsreform, um sich wiederum eine Landwirtschaft ein-

richten zu können". Daraus wurde nichts. Er begann als Hilfsarbeiter in der Lederfabrik Schweizer. 1953 war sein Siedlungshaus fertig in dessen ersten Stock wir einzogen. Welche Arbeit er in der Lederfabrik zu tun hatte, roch ich an seinem „Blauen Anton", mit dem er zum Mittagessen kam und den meine Mutter in der Waschküche wusch.

In der Jubiläumsbroschüre der Lederfabrik Schweizer steht an prominenter Stelle ein großes Foto: Onkel Heinrich an der Walze. So erfuhr ich, dass er vom Hilfsarbeiter zum Walzer aufstieg. Das war ein verantwortlicher Job. Das richtige Walzen entschied mit über die Qualität des Leders.

Er steht aufmerksam und selbstbewusst an der Maschine, vom Fotografen lässt er sich nicht irritieren. Aus dem Großbauernsohn ist ein qualifizierter Arbeiter geworden. An seinem Grab sprach Fabrikant Fritz Schweizer und der Betriebsrat. In seinem Ausgabenheft notiert er den monatlichen Gewerkschaftsbeitrag von 6 DM. Seit 1963 war er Mitglied in der Gewerkschaft. In Siebenknie ist er noch heute in Erinnerung als tüchtiger und zuverlässiger Arbeiter.

Onkel Albert stirbt

Mein Vetter Willi rief an und sagte, dass Onkel Albert im Sterben liegt. Wir sollen kommen, wenn wir ihn noch einmal sehen wollen. Er lag im Schlafzimmer im Ehebett. Mein Vetter schlug die Decke hoch. Da lag er abgemagert, nackt in Windeln und sah uns nicht mehr. Ich sagte: Onkel Albert hörst du mich? Er bewegte sich aufgeregt und stöhnte.

Mein Vetter blickte mich aufmerksam von der Seite an und sagte: „Des wird nemme" (Das wird nichts mehr) und deckte ihn wieder zu.

Es wurde nichts mehr, doch das nahm kein Ende. Onkel Albert starb über Wochen, seine Lebenskraft wich nicht.

Wir fuhren zur Beerdigung. Eine dörfliche Sitte ist die Aufbahrung in der Friedhofskapelle. Das Dorf und wir Verwandten zogen in einer langen Reihe an dem hergerichteten Toten vorbei, blieben kurz stehen, blickten ihn an und verbeugten uns.

Tübingen

Student

Der Karnevalsball in Backnang, auf dem Fidel Castro auftrat und ich mich in eine Offiziersuniform zwängte, war für mich der Beginn eines ganz großen Traums. Am Tisch gegenüber saß der ältere Bruder eines Klassenkameraden. Er studierte schon. Ich wollte wissen, wie das Studieren sei. Und dann hörte ich, was ich schon immer hören wollte. Studieren, das sei was ganz anderes als die Schule, das sei die große Freiheit.
Ich hatte noch nie einen Studenten gesehen. Staunend sah ich ihn an. Er trug kein Kostüm, sondern einen eleganten Anzug, seine hübsche Freundin lehnte sich an seine Schulter. Er saß schweigend da und blickte leicht amüsiert auf das Getriebe des Balls.

Stocherkähne

Es war eine politisch ruhige Zeit, als ich im Mai 1960 mit dem Studium in Tübingen begann. Die Korporierten fielen mir auf, wenn ich einsam auf der Neckarbrücke stand und zum Hölderlinturm blickte. Mit Käppis und Bändeln geschmückt lagerten sie in ihren Stocherkähnen, tranken Most aus großen Glasballons. Einer stocherte mit einer langen Stange den Kahn gemächlich voran. Sie sangen, lachten, waren laut. Ihnen gehörten die Kähne, die Bootsstege am Hölderlinturm und der Neckar.
Am Abhang des Neckars standen ihre Häuser, große Villen in bester Lage nach Süden. Dort konnte wohnen, wer sich „keilen", d.h. anwerben ließ, bereit war „Fuchs" zu spielen für die „Burschen" und willens war, sich den wunderlichen Trink- und Gesangsritualen der jeweiligen Burschenschaft zu unterwerfen. Dieser Dienst wurde den Gekeilten üppig versüßt. Die „Alten Herren", wie die in Amt und Würden befindlichen Ehemaligen hießen, halfen bei der Suche nach einem Arbeitsplatz. Ein Problem, das mich damals kaum interessierte. Aber interessanter wurde es schon bei den Frau-

Tübingen

en, denn die waren knapp. Auch hier konnten die Alten Herren helfen. Von einem Korporiertenball wurde berichtet, dass der Chef der Universitätsklinik, auch ein alter Herr, die Schwesternschülerinnen abordnete. Sie mussten tanzen mit den Herren Studenten.

Herrenzeiten vorbei

Für die meisten Studenten waren die Herrenzeiten schon Ende der 50er Jahre vorbei. Anonym kam man als junger Student an der Uni an und so blieb es. Begrüßt wurde ich von niemandem. In den Seminaren drängten sich hunderte. Mit einem Professor habe ich in den zwei Jahren meiner Tübinger Zeit kein Wort gesprochen. Die Massenuniversität war Realität, schon lange bevor es das Wort gab. Zuerst wohnte ich mit meinem Klassenkameraden Ernst in einem Doppelzimmer in Bühl, einem Dorf bei Tübingen. Bei jedem Wetter fuhr ich morgens um 7 Uhr mit dem Fahrrad los. Ich hörte Vorlesungen, ging in Seminare, las in der Bibliothek. Kurz vor der Schließung der Cafeteria um 22 Uhr aß ich mein mitgebrachtes Butterbrot. So ging es jeden Tag, die ganze Woche durch. Ich war frei, niemand sagte mir, was zu tun ist, niemand fordert etwas von mir. Ich arbeitete blindwütig, vollkommen orientierungslos.

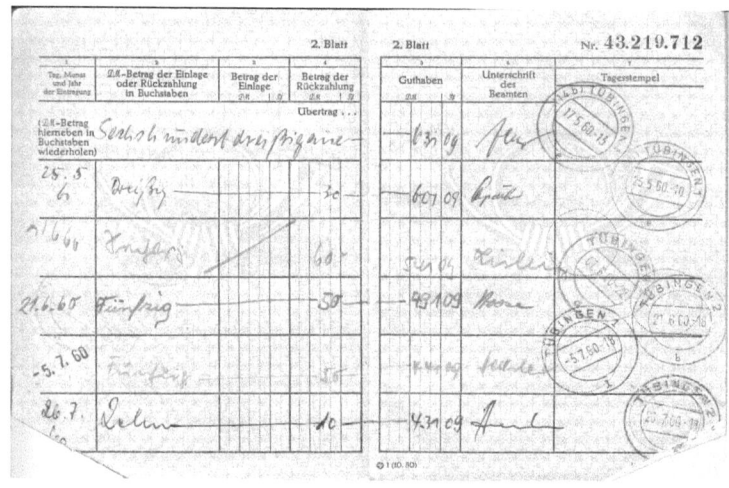

Mein Postsparbuch aus dem ich monatlich ca 50,- bis 100,- DM abhob.

Tübingen

Seminarscheine wurden für die Anwesenheit erteilt. Noten auf dem Schein gab es für einen abgegebenen Text. Ich erinnere mich an kein Gespräch mit einem Betreuer. Ein Referat vorgetragen habe ich nie. In Gotisch bekam ich einen Schein mit der Note „Sehr gut". Das Seminar war so groß, dass ich bei der Klausur problemlos alles aus dem Lehrbuch abschreiben konnte.
Alle vierzehn Tage fuhr ich mit dem Zug nach Murrhardt. Im Koffer die Wäsche, die meine Mutter für mich wusch. Jeden Monat hob ich 50 bis 100,- DM von meinem Postsparbuch ab. Das reichte für die Zimmermiete und das Essen. In einer Gastwirtschaft war ich nie. (Mit Ausnahme der Versammlung der „Konservativen Front"). Im Theater war ich einmal in meinen zwei Tübinger Jahren.
Nach einem Studentenball fuhr ich mit dem Fahrrad zurück nach Bühl. Ich stieg ab und legte mich in den Bretterstapel eines Sägewerks. Hier wollte ich erfrieren. Am frühen Morgen brach ich das Unternehmen ab, als mir klar wurde, dass es niemand in Tübingen gibt, der das bemerken würde.
Zu meinem Glück bekam ich ein Zimmer in Tübingen. Im Dachgeschoss eines im Landhausstil gebauten Holzhauses. Manchmal gab es abendliche Hausmusik mit Klavier und meiner schönen, vollbusigen Wirtin. Sie hatte einen warmen Mezzosopran und ich träumte von ihr. Wenn ich abends um 22 Uhr zurückkam, las ich noch 2 Stunden und stand dann pünktlich um 7 Uhr auf.

Was sollte ich tun, welche Schwerpunkte sollte ich mir setzen? Ich wusste es nicht. Deshalb arbeitete ich fleißig, regelmäßig, tagaus, tagein. Bei den Vorlesungen war die Entscheidung einfach. Als Qualitätskriterium für die Profs galt die Größe des Hörsaals, in denen sie lasen. Vorlesungen im Auditorium Maximum waren deshalb geradezu Pflicht. Hier lasen die großen Namen. Was immer sie vortrugen, die 400 konzentriert zuhörenden Studenten gaben ihnen die Weihe. Sie lasen über Kierkegaard, Jaspers, Heidegger, Hölderlin, den deutschen Idealismus, usw. Wie ein Lemming zog ich mit und musste mir selber erfinden, warum die Veranstaltungen bedeutsam und umwälzend sind.

Verpasst

Alles Neue, das sich damals in Tübingen tat, habe ich verpasst. Das Volkskunde-Institut begann sich mit seiner nationalsozialistischen Verstrickung zu beschäftigen und warf einen neuen Blick auf die Gegenwart. Auch die Flüchtlinge und ihre Ansiedlung wurden ein Gegenstand der Forschung, kamen dabei sogar zu Wort. Auch wir Bessaraber. Ein Murrhardter war bei dieser Untersuchung dabei. Es war Markus Braun, mit dem ich zusammen auf den Ostermarsch nach Stuttgart fuhr. Nichts von seiner wissenschaftlichen Arbeit habe ich bemerkt. Auch nichts von Ralf Dahrendorf. Erst als ich Tübingen fluchtartig verließ, erfuhr ich etwas von dem in Tübingen lehrenden Soziologen. Ein mit mir trampender Student erzählte lauter interessante Dinge, die bei ihm zu erfahren waren.

Meine Ahnungslosigkeit war kein Zufall. Ich hatte damals kein Interesse an Nachrichten aus der Außenwelt. Die Wirklichkeit war mir zu minder. Ich wollte höher hinaus.
Die Germanistik bot dafür die ideale Gelegenheit. Da ging es nicht um das Werk und das Leben der Künstler, sondern gleich um die „Gestalt" Goethes, der größten Einheit, worin deutscher Geist sich verkörpert hat. Das las ich bei Friedrich Gundolf, der damals immer noch zur Grundlage der Beschäftigung mit Goethe zählte. Er und andere Gefolgsleute aus dem George-Kreis dauerten in der Germanistik fort. Wenn sie über den „Dichter als Führer" schrieben, fand ich das etwas übertrieben. Aber wenn es „Dichter und Helden" hieß, dann konnte ich das bei Hölderlin und Rilke anwenden. Die Wissenschaft lernte ich kennen bei Wissenschaftlern, die selber Dichter sein wollten. Einen Dichter interpretieren und dabei selber ein Dichter und Held werden. Eben das war es, was ich wollte.
Ich hatte keine Ahnung, dass diese Zeiten vorbei waren. Ich wusste nicht, dass solche Texte und Berufsbilder von Wissenschaftlern nur

blühen konnten auf dem Hintergrund von Jugend- und Männerbünden. Mein Pech oder Glück war, dass es solche Bünde nicht mehr gab. Ich bewunderte die Sprache einer Gemeinschaft, die im Krieg untergegangen war. Das dunkle Raunen zog mich an. Doch wenn ich auch raunen wollte, dann gab es niemand mehr, der mir zuhörte.

Gefolgschaft ohne Anführer

Meine Tübinger Professoren waren keine Lehrer. Sie waren ein Rückfall hinter die Schule. Mein Religionslehrer im Gymnasium war ein Slum-Pfarrer in Harlem. Ihm hörte ich zu. Der Deutschlehrer war mit seiner Doktorarbeit über Schiller gescheitert. Doch wenn er mit uns über Schillers Philosophische Schriften sprach, dann begann Schiller zu leben, ich lernte ihn zu lesen, nachzudenken, mit anderen darüber diskutieren.

Der Professor, den ich in Tübingen erlebte, war kein Lehrer, kein Einzelner mit einem Schicksal. Stumpf und ohne eigene Geschichte war er das Sprachrohr, durch das sich die großen Dichter und Philosophen offenbaren. So inszenierte er sich im Audimax. Als Prophet, mit dem besonderen Zugang zum Sein, zu der Welt der Schöpfer.

Prof. Otto Friedrich Bollnow war goldig. Übernächtigt trat er ans Rednerpult und verriet uns, dass er die Nacht hindurch gerungen hat um Inhalt und die Formulierungen der heutigen Vorlesung. Noch überwältigt von den Abenteuern seiner Nacht, kämpfte er mit dem Rednerpult und seinen Worten, die Füße in Sandalen, von einem Bein aufs andere tretend.

Niemals hat einer von den vierhundert Versammelten gelacht. Ich auch nicht. Meine Aufgabe sah ich darin in die Gefolgschaft der Großen einzutreten. Als „abgeleitetes Wesen", wie sich Stefan George ausdrückte. Bei der Interpretation von Texten musste ich mich bewähren. Das Verrücktmachende war, dass es niemand gab, vor dem ich mich hätte bewähren können. Es gab keine Öffentlichkeit, keinen Erfolg, keinen Misserfolg für meine Arbeit. Jünger diskutieren nicht miteinander. Jeder kämpft um den direkten Zugang zur Offenbarung. Schweigend war ich mit dabei.

Tübingen

Über die Nazivergangenheit der Tübinger Professoren wurde in meinem Umkreis nie gesprochen. Wer waren meine Tübinger Profs unter Hitler? Wie kamen sie aus Entnazifizierungsverfahren heraus? Waren sie belastet, Mitläufer, Widerstandskämpfer? Wie standen sie zu Stalin? Soweit ich heute weiß, waren meine Tübinger Professoren keine belasteten Nazis, aber auch keine Widerstandskämpfer. Das Grau in Grau von Prof. Eschenburg („Doyen/Nestor der Politikwissenschaft"), das heute ans Licht kommt, war eher die Regel. Blochs fürchterliche Verbeugung vor Stalin war mir nicht bekannt. Ich wäre nie auf die Idee gekommen nachzuforschen, was sie vor 1945 geschrieben haben. Ich kannte keinen, der mit sich und seiner Disziplin abrechnete.

Das war wohl der Grund, warum bei mir die Weltsicht von Schöpfer und Gefolgschaft weiterhin ungebrochen herrschte. Die Wörter spuken noch heute durch meinen Kopf: Die Wahrheit „entbirgt sich in der Kunst", speziell bei Hölderlin und Rilke. „Stiftung des Seins" in der Sprache. „Ursprünglicher Zugang zum Sein" durch den Künstler. „Seinsvergessenheit unserer Zeit" usw.. Das waren die Wörter, mit denen eine Gefolgschaft zur Unterwerfung eingeschworen wird.

Es war eine lächerliche Situation. Ich saß im Audi-Max, in der 17. Reihe unter 400 Studenten und wollte dabei sein, wenn sich das „Sein entbirgt". Den Kollaps, den die Tübinger Studentenbewegung dieser Veranstaltung bereitete, habe ich nicht mehr erlebt, sondern vorher die Flucht ergriffen.

An der Massenuniversität hätte ich die einsamen Wissenschaftler gebraucht. Die als Einzelne vor 1945 und danach „Nein" sagten. Die nicht über „Seinsvergessenheit" klagten, nicht über die „Utopie" rhapsodierten, sondern den Versuchungen Hitlers und Stalins widerstanden. Bei dem trockenen und kaum glamourösen Dahrendorf oder dem Volkskundler Bausinger hätte ich darüber etwas erfahren können. Doch die lasen in einem kleinen Seminarraum.

Einsamkeit und Freiheit

Es war nicht schwer, in Tübingen zum Grübler zu werden. Ich er-

fand meine Themen selbst. Ich bezog sie aus Murrhardt. Aus der Landschaft meiner Jugend
Da lag ich am Hörschbach und hörte dem Rauschen des Wasserfalls zu. Das Rauschen verwandelte sich mir in rhythmische Muster, auf- und abschwellend, pulsierend. Manchmal wechselten die Muster vom dreiviertel in den vierviertel Takt und wieder zurück. Ich grübelte darüber nach, ob diese wechselnden Rhythmen in mir oder nicht doch in der Natur stecken. Das Phänomen ließ sich beliebig wiederholen. Es ließ sich auf den Wind übertragen und das Rascheln der Blätter. War ich einer Gesetzmäßigkeit auf der Spur? Darüber schrieb ich meine erste wissenschaftliche Abhandlung, nur für mich allein.

Zwei Dias nebeneinander

Noch das Beste in Tübingen war ein kunstgeschichtliches Seminar, eine bescheidene Übung. Wir saßen im abgedunkelten Raum und blickten auf zwei Dias neben einander. Der Professor gab Hinweise, warum die Bilder verschieden sind, aus verschiedenen Epochen stammen. Er zeigte uns, wie im Bild der Raum konstruiert wurde, wie der Blick des Betrachters durchs Bild geführt wird. Manchmal blickten wir eine halbe Stunde auf die zwei Bilder. Ich musste genau hinsehen, das Kunstwerk als Konstruktion durchschauen. Ich fiel in Versenkung, ohne mich im Nebel zu verirren. Wenn ich wieder auftauchte, hatte ich etwas begriffen. Das war die einzige mich beglückende wissenschaftliche Erfahrung. Ich lernte Handwerkszeug, mit dem ich bis heute etwas anfangen kann.

SDS

Dank Ostermarsch in Stuttgart und den flammenden Augen des Betriebsrats Fritz Lamm hatte ich schon Vorstellungen über Links und Rechts. Deshalb besuchte ich in Tübingen die verschiedenen politischen Gruppen. Hier vermutete ich die wissenschaftlich geweihten Vertreter.
Der „Liberale Studentenbund" beriet über sein nächstes Semesterprogramm. Thema sollte sein: Trennung von Staat und Kirche. Verschiedene Vorschläge wurden vorgebracht. Nach langer Debatte ei-

Tübingen

nigten sich die sieben Anwesenden auf einen Referenten, einen Professor Kern. Er würde das Thema besonders ausgewogen abhandeln. Ich verließ die Versammlung noch vor ihrem Ende.
Großes Aufsehen erregte eine Veranstaltung des „Sozialistische Studentenbund" (SDS) zur Situation in Südafrika. Im Saal der Mensa kamen über hundert Studenten zusammen. Referent war der schwarze Südafrikaner Neville Alexander. Mit großer Spannung hörten wir zu. Die Diskussion war lebendig. Ich ging ratlos nach Hause. Ich wusste nicht, was ich hier tun könnte. Außer als irgendwie links bleiben und das war ich ja trotz Gundolf immer noch.

Beim Ostermarsch in Stuttgart, 1960

Politische Romantik und die Brüder Hepp

Eine „Konservative Front" lud ein zu einer Veranstaltung zum Thema: „Die konservative Revolution". Im kleinen Hinterzimmer einer Gastwirtschaft fand ich die Versammlung. Die Veranstalter stellten sich vor als die Brüder Marcel und Robert Hepp. Referent des Abends war Armin Mohler, einst Privatsekretär von Ernst Jünger, wie Marcel Hepp weihevoll verkündete. Der Vortrag bestand aus den Heldengeschichten der Konservativen: Georges Sorel, Ernst

Tübingen

Jünger, Carl Schmitt usw. Ich war wenig beeindruckt von den verstaubten Geschichten.

Doch ich blieb sitzen beim anschließenden gemütlichen Teil und geriet dabei neben Robert Hepp, den jüngeren, lebendigeren und witzig sprudelnden Bruder. Er hatte Blochs Utopie Buch dabei. Er zog es wie eine Inkunable aus seiner mit Büchern voll gestopften Tasche. Das sei das Größte, was er zur Zeit lese. Er nannte das Buch in einem Atemzug mit Hegels Phänomenologie des Geistes, die er auch in der Tasche mit sich herumtrug.

Nach einigen Glas Bier eröffnet uns Robert Hepp den Plan zu einer geheimen Aktion. Er zog uns ins Vertrauen und, wie ich glaubte, mich besonders. Das wäre doch was, wenn man bei dem bevorstehenden Mozart-Konzert im Festsaal von den Emporen Stinkbomben und Flugblätter werfen würde. Ins Publikum der Kulturspießer. Robert Hepp hatte auch die Theorie dazu und holte Carl Schmitts Buch über „Politische Romantik" aus der Tasche. Einer Abrechnung mit der Romantik, ihrem „Occasionalismus", ein Begriff, den ich noch nie gehört hatte. Die Romantiker bis heute seien doch nichts anderes als Leute, die jeden beliebigen Inhalt zum Anlass einer ästhetischen Empfindung nehmen. Der Anlass sei gleichgültig für den lyrischen Erguss - ob Arbeiterklasse oder Kaiser Wilhelm. Links oder rechts, das sei nicht das Problem. Die Romantiker könnten beides anhimmeln. Denn sie blieben immer die passiven und dienstbaren Begleiter der wirklichen Mächte. Nötig sei deshalb die Tat.

So etwas hatte ich noch nicht gehört. Es war wie für mich gesprochen. Die Falle schnappte zu. Ich fühlte mich eingeordnet in die Schublade als Romantiker und bekam zugleich den Ausweg daraus präsentiert. Den Ausweg aus dem ausweglosen Dilemma, wenn ich über den Gedichten von Hölderlin bis Rilke saß und Gefühle produzieren sollte, die ich nicht hatte. Jetzt musste ich nur zugreifen, um die Wirklichkeit zu packen. Statt den belanglosen Qualen der ästhetischen Empfindung - die Aktion, auf eigene Gefahr.

In meinem Kopf spielten sich die Szenen im Festsaal ab: wie sich die festlich gekleideten Tübinger winden würden, sich schämen im Gestank, sich scheuen ein Flugblatt aufzuheben, wie sie kopflos auseinander laufen und die weihevolle Stimmung ruiniert ist. Auf der Empore wir, die Täter mit dem kalten Blick auf das Gewimmel. Ich musste nur an den „Hasenmetzger" denken, um zu wissen, dass es getan werden muss.

Zu meinem Glück waren die beiden Brüder nicht die Männer der Tat, von der sie so schwärmten. Konkretes wurde nicht vereinbart. Die Aktion fand nie statt. Von der Konservativen Front war in Tübingen nichts mehr zu hören. So musste ich mich nicht entscheiden, ob ich lieber irgendwie links bleiben, oder bei der Konservativen Revolution dabei sein wollte.

Später hörte ich dass Marcel Hepp der Berater von Franz Josef Strauß und Herausgeber des Bayernkurier wurde. Robert endete als Professor der Soziologie an der Fachhochschule Vechta.

„Deutscher Michel"

Nobuhiko Numata, Japaner, etwas älter als ich, studierte Philosophie. Am Wochenende reiste er durch Deutschland, um alte Kirchenorgeln zu hören. Ich lud ihn zu Weihnachten nach Murrhardt ein. Er sollte einmal eine deutsche Weihnacht erleben. Auf einem Foto sitzen wir auf dem Sofa. Er blickt nüchtern auf den Weihnachtsbaum. Zum Abschied schenkte er meiner Schwester einen Kimono und malte mir japanische Schriftzeichen auf Papier.

Nobuhiko las Bücher, von denen ich noch nicht einmal etwas gehört hatte. Er empfahl mir Adorno: „Essay als Form". Ich war fasziniert und verwirrt. Unsere Diskussionen darüber nahmen eine eigentümliche Wendung. Er nannte mich einen „deutschen Michel". Was das sei? Jemand, der sich eine Mütze über die Ohren zieht und nichts mitbekommt, was in der Welt geschieht. Das war wie ein Todesstoß für meine Verträumtheit, mit der ich mich im Herz der Welt fühlte.

Es schmerzte mich, als Nobuhiko zurück nach Japan musste. Sein Vater, Besitzer einer Backfabrik, war gestorben. Der Philosoph sollte die Backfabrik fortführen.

Verrückt

In der Germanisten-Bibliothek saß neben mir ein nordafrikanischer Student. Ich las Hölderlin in der Ausgabe von Beißner, der als „berühmt" geltenden „Stuttgarter Ausgabe". Ein Gedicht verwandelte sich in Streichungen, Einfügungen zwischen die Zeilen, Randnotizen, Unleserliches, verschiedene Fassungen. Während ich nach dem Metaphysischen in Hölderlin fahndete. Der Student neben mir schrieb in ein Buch zwischen die Zeilen mit einem Bleistift winzige Wörter. Mit der linken Hand ratschte er mit dem Daumen die Seiten seines Notizblocks. Wie bei einem Daumenkino. Regelmäßig, dann wieder unregelmäßig. Pause. Ich atmete auf. Dann fing er wieder damit an. Ich bat ihn, aufzuhören. Da ich kein Wort für das Ratschen hatte, demonstrierte ich es ihm an Beißners Hölderlin. Er blickte mich an, verständnislos, wie aus einer anderen Welt gerissen. Er hatte leicht gekräußelte schwarze Haare, braune Haut, große schwarze Augen, feine, gegliederte Hände. Er trug ein Jackett wie ich und hatte wie ich nichts, außer Notizheft und Bleistift. Hass und Mitleid überwältigten mich. Ich hätte weinen oder ihn verprügeln können. Ich ging und wusste: einer von uns beiden muss verrückt sein.

Flucht aus Tübingen

Flucht aus Tübingen

Dampfschiff „Ditmar Koel", Bj. 1945 („Liberty" Frachter)

Liberty

Nach zwei Jahren hielt mich nichts mehr in Tübingen. Meine Hoffnungen auf die große Freiheit waren verbraucht. Ich trampte über Köln nach Hamburg. Ich wollte zur See.
In der JH Hamburg übernachte ich zusammen mit den Opfern der großen Sturmflut. Es war April 1962, seit dem Februar hausten sie hier, ihre Wohnungen waren zerstört. Zum ersten Mal schämte ich mich für meine Weltfremdheit. Von der Flutkatastrophe hatte ich in Tübingen nichts gehört.

Viel gefragt wurde nicht in der Hanseatischen Reederei „Emil Offen". Ein feiner Herr saß mir gegenüber am Schreibtisch. Er lächelte und blickte mich gerührt an, als ich unterschrieb und die Einwilligungserklärung meiner Mutter fälschte.

Das Heuerungsbüro verlangte eine beglaubigte Unterschrift meiner Mutter, ich war noch nicht volljährig. Das war man damals erst mit 21. Meine Fälschung wurde nicht akzeptiert. Meine Mutter und Tante Therese reisten an und brachten die Papiere. Keine sagte: ach bleib doch. Sie blickten mich nicht einmal besorgt an und gaben mir keine guten Ratschläge. Das danke ich ihnen ewig.

Eine „Seediensttauglichkeitsprüfung" war notwendig, hauptsächlich wegen Geschlechtskrankheiten. Vor dem Vertrauensarzt der Seeberufsgenossenschaft stellten wir uns in einer Reihe auf. Unser Schwanz wurde kontrolliert. Jetzt war ich Messejunge auf Großer Fahrt, Fahrtgebiet: Karibik (Aruba, Curacao), Panama Kanal, San Francisco, Los Angeles, Seattle, Vancouver Island. Fracht der Hinfahrt: VW-Käfer, Rückfahrt: Holz von Vancouver Island.

Mit einem Bus wurden wir Angemusterten nach Bremerhafen transportiert. „So ein Rostkahn" schrieen die Seeleute auf, als sie das Schiff sahen. Einige wollten gleich wieder umkehren. Dabei hätten sie schon bei der Anmusterung sehen müssen, dass unser Schiff ein Dampfschiff war. Baujahr 1945. Ein „Liberty" Schiff. So nannten die Amerikaner die schnell für die Invasion zusammenge

Flucht aus Tübingen

bauten Frachter. Die ex „Cape Wrath" fuhr unter ihrem neuen Namen „D. Ditmar Koel" eine ihrer letzten Fahrten vor dem Verschrotten. Das war genau das, was ich brauchte. Im Panama-Kanal wollte ich über Bord springen und dort hin schwimmen, wo ich schon immer sein wollte: nach Süd-Amerika, in den Urwald.

Schon beim Auslaufen aus dem Hafen begann das Schiff zu rollen. Ich spie alles, was ich jemals gegessen hatte aus mir heraus und würgte nur noch Magensäure durch den wund gehusteten Rachen. Die Tränen liefen mir über die Backen. Der 1. Matrose lächelte und legte mir das Beitrittsformular der ÖTV zur Unterschrift vor. Dann wies er mir Arbeit an.

NACHSCHRIFTEN

Über die Beschränktheit der Kindersicht.

1. Der „Hasenmetzger" und die Nazis. Die Pietisten, noch einmal.

Im November 2013 stellte Christoph Scheytt sein Buch vor. Titel: „Wohin wir gehen. Geschichte einer Fahnenflucht". Er schildert darin, wie er als 16-jähriger desertiert und im April 1945 quer durch Deutschland von Berlin bis Murrhardt flieht. Pietisten – Deserteure? Ich vermutete eine Namensverwechslung und erkundigte mich bei Schulkameraden und der Buchhandlung. Es war so: Christoph Scheytt, ist der Sohn des „Hasenmetzgers", des Lateinlehrers unter dem ich so gelitten habe!

Im Vorwort berichtet der Herausgeber über die Zivilcourage der Scheytts. Die Familie Scheytt war streng kirchlich. Auf Geheiß des Vaters blieben die Kinder dem Treffen der Hitlerjugend am Sonntagvormittag fern. Der Sonntag war dem Kirchgang vorbehalten.

Ein halbjüdischer Mitschüler Christoph Scheytts (der Sohn meines Malers Reinhold Nägele) bekam in der Klasse einen Einzelplatz zugewiesen. Der damals gerade 10 jährige Christoph Scheytt setzte sich auf den freien Platz neben den Jungen. „Grad zum Possa" (schwäb.: Jetzt erst recht). Fortan ist auch er den Schikanen der Lehrer und der anderen Schüler ausgesetzt.

Von einem verwundeten Kriegsheimkehrer hören Vater und Sohn eine detaillierte Schilderung über Massenmorde an der jüdischen Bevölkerung in den von der Wehrmacht besetzten Gebieten im Osten. Mein Lateinlehrer Scheytt tritt daraufhin 1944 aus der Partei aus, was seine sofortige Einberufung an die Front nach sich zieht.

Mein Weltbild, in dem der „Hasenmetzger" und die bigotten Pietisten eine feste Stellung einnahmen, war erschüttert.

Beunruhigt musste ich feststellen, dass die Pietisten mich in schwer lösbare Widersprüche verwickelten. Meine Vorfahren, die schwäbischen Auswanderer nach Russland, waren Pietisten. Die Gründer

Über die Beschränktheit der Kindersicht.

des Dorfes meines Vaters (Teplitz in Bessarabien) waren auf der Suche nach der „Güldenen Zeit".

Die Pietisten waren nicht nur bigott. Unter ihnen gab es andere Traditionslinien. Murrhardt ist voll von Geschichten über einen der wichtigsten Gründerväter der Pietisten, den Murrhardter Prälaten Friedrich Christoph Oetinger (1702 - 1782). Er war es, nicht erst Karl Marx, der von der „Güldenen Zeit" träumte, der Gleichheit aller Menschen, der Aufhebung des Staats, des Privateigentums und der Abschaffung des Geldes. Schon als Kind hörte ich von dem beeindruckenden Ende Oetingers. In seinen letzten Jahren stand er auf der Kanzel, stützte den Kopf in die Hände und schwieg. Am liebsten sah er jetzt den Kindern beim Spielen auf der Straße zu, saß auf dem Boden und zeichnete mit einem Stock Figuren in den Sand.

„Leser gehe lerne so lange es Tag ist wirken und dann rasten". Inschrift auf dem Grabstein Friederich Christoph Oetingers. (Stadtkirche Murrhardt)

Über die Beschränktheit der Kindersicht.

2. Der Lederfabrikant Richard Schweizer, ein schwäbischer Schindler

Auf der Schulbank neben mir saß Folkart, der Sohn des Leder-Fabrikanten Richard Schweizer. Wir hatten andere Probleme, als über die Fabrik und seinen Vater zu reden. Wir spielten ausgiebig „Schuggen". Jeder von uns hatte ein 10-Pfennig Stück und damit musste ein Fünfer in das gegnerische Tor befördert werden. Mit Tinte zeichneten wir, wie bei einem Fußballfeld, die Tore und die Mittellinie auf den Tisch. Da unser Schultisch in den unteren Klassen noch ein schräger Pult war, konnten wir raffinierte Bogenschüsse ausführen. Bei einigen Lehrern spielten wir auch heimlich während des Unterrichts. Wir brachten es dabei zu einer gewissen Kunstfertigkeit.

Die Klassenschranken zwischen uns beiden habe ich nie empfunden. Er war der Sohn des reichsten Mannes von Murrhardt, meine Mutter gehörte, bevor sie eine Stelle als Volksschullehrerin bekam, zu den Ärmsten. Mein Onkel Heinrich war Hilfsarbeiter in der Lederfabrik. Die Welt Folkarts kannte ich nicht. Ich wusste nur, dass die Schweizers auf dem Linderst, hoch über uns allen, eine Villa bewohnten. Seinen Vater und seine Mutter kannte ich nicht. Nie wurde vor uns Kindern über die Schweizers geredet. Das war eine andere Welt, die nicht einmal im Murrhardter Klatsch vorkam.

Völlig überrascht war ich, als ich 2007 in einem Rundbrief an die Spender für die überlebenden Juden in den baltischen Ländern las, dass Folkarts Vater der „Retter von Hunderten von Litauern und Juden in Litauen" war. [5]

In seinen Betrieben in Backnang und Murrhardt gab es weder „Werkscharen" noch „Hitlergruß". Arbeiter und Angestellte wurden nur „nach Tüchtigkeit und Anständigkeit", nicht nach politischer Überzeugung beurteilt. Richard Schweizer stellte Entlassene aus dem KZ Heuberg an, die wegen ihrer politischen Vergangenheit keine Arbeit mehr bekamen. Er widersetzte sich dem Verlan-

---

5 Middelmann, Hanna und Wolf: Rundbrief Nr. 27 an die Spender für die überlebenden Juden in den baltischen Ländern, Göttingen, 2007 (Kapitel 4: Richard Schweizer)

gen der NS Führung auf bevorzugte Behandlung von Parteigenossen und SA-Leuten. Er weigerte sich die Geschäftsbeziehungen zu den jüdischen Geschäftspartnern abzubrechen. Schon 1933 wurde er verwarnt.

1941 wurde er eingezogen und durch „Notdienstverpflichtung" zum „Sonderführer der Wirtschaftsinspektion Nord" in Litauen. Als Fachmann für die Lederindustrie sollte er unrentable Betrieb in Lettland und Litauen schließen. Die dadurch „frei werdenden" litauischen Arbeiter sollten zur Zwangsarbeit, die jüdischen Arbeiter zur Vernichtung abtransportiert werden. Richard Schweizer handelte all diesen Befehlen zuwider. Er sanierte marode Lederbetriebe, stellte litauischen und jüdischen Arbeitern „Unabkömmlichkeitsbescheinigungen" aus. Auch wenn es sich bei jüdischen Arbeitern um alte, nur beschränkt leistungsfähige Menschen handelte. Jugendliche wurden in Erwachsenenkleidung gesteckt. Richard Schweizer hat so einer großen Anzahl von Juden das Leben gerettet.

1943 stellte der Staatssicherheitsdienst Nachforschungen an. Schweizer wurde der direkten Begünstigung von Juden beschuldigt, seines Postens enthoben, ein Verfahren wurde eingeleitet. Den Wirren des Rückzugs verdankt er, dass er nicht verhaftet wurde.

Mehrere Juden und Litauer bezeugten 1947 im Entnazifizierungs-Verfahren seinen Widerstand gegen die Nazis. Der Betriebsrat und der sozialdemokratische Bürgermeister Murrhardts sagten für ihn aus. Er wurde entlastet.

Richard Schweizer hat nach 1945 öffentlich nicht über seine Taten gesprochen. In Murrhardt hörte ich nichts zur Geschichte Richard Schweizers. Seine „Entdeckerin" ist Petra Bräutigam. Sie schrieb eine ausführliche historische Arbeit über die Leder- und Schuhindustrie.[6] Ein erstaunliches Kapitel darin ist, wie sich Richard Schweizer vom Opportunismus der meisten Lederfabrikanten Backnangs unterschied.

In den 80er Jahren wurde eine Plakette am Backnanger Bürgerhaus zum Gedenken an Richard Schweizer angebracht. 2007 gab es ein

---

6   Bräutigam, Petra: Mittelständische Unternehmer im Nationalsozialismus. Wirtschaftliche Entwicklungen und soziale Verhaltensweisen in der Schuh- und Lederindustrie Badens und Württembergs.- Oldenbourg Verlag, 1997.

Über die Beschränktheit der Kindersicht.

Schulprojekt am Technischen Gymnasium in Backnang unter der Leitung von Alexander Elsenbach zum Thema „Backnang im Nationalsozialismus".

Ich fragte Folkart auf einem Klassentreffen nach seinem Vater. Er charakterisierte ihn so: Sein Vater sei ein unpolitischer, human denkender Mensch gewesen. Für ihn war es eine Selbstverständlichkeit, sich für Bedrängte einzusetzen. Darüber hätte er nie ein Wort verloren.

ANHANG

Bessarabien?
Wo ist das denn? Im Kaukasus?

Als ich diese Vermutung hörte, war ich nicht überrascht. Sie ist fast genial getippt! Denn da wollten meine schwäbischen Vorfahren tatsächlich hin. Zum Berg Ararat im Kaukasus, auf dem die Arche Noah gestanden haben soll. 1833 oder 1836 war als der Beginn des 1 000 jährigen Reiches errechnet - und so zogen sie in sogenannten "Harmonien" zu Tausenden nach Rußland: dem "Bergungsort" vor den "Schrecknissen der Endzeit". Übers Land oder mit den "Ulmer Schachteln" die Donau hinab.

Karte von Bessarabien (zwischen 1919-1939)

Bessarabien? Wo ist das denn? Im Kaukasus?

Für die meisten kam alles anders, und das hat etwas damit zu tun, dass Zar Alexander I. den durch Krieg, Not und religiöse Verfolgung gequälten Schwaben ein wirkliches Paradies versprach: Religionsfreiheit, Selbstverwaltung, Befreiung vom Militärdienst, Steuerfreiheit, eigene Schulen und Lehrerausbildung und: 60 Desjatinen (über 60 ha) Land. Nicht irgendwelches Land, sondern Schwarzerde, Tschernosjom - den fruchtbarsten Boden, den es gibt! Statt zum Berg Ararat weiter zu ziehen, besiedelten sie seit 1814 die Steppe westlich des Schwarzen Meeres, ungefähr zwischen Odessa und dem Donau-Delta, genauer: zwischen Dnjestr und Pruth.

In Bessarabien wurden seit 1814 ca. 2.500 deutsche Familien angesiedelt. 1930 betrug die Zahl der Deutschen 81 000. Bei einer Zahl von 2.8 Mio. Gesamtbevölkerung waren das 2,8 %. Sie lebten hauptsächlich in geschlossenen deutschen Dörfern. 1939 waren noch über 80 % Bauern. (zur selben Zeit in Deutschland nur noch 30% !). Das Handwerk diente dem familiären und landwirtschaftlichen Bedarf. (Schmiede, Stellmacher, Tischler, Schneider usw.).

1918 – 1939 wurde Bessarabien rumänisch.
1940, nach dem „Hitler – Stalin Pakt" wurde Bessarabien von der Sowjetunion annektiert. Die deutschen Bessaraber wurden 1940 fast vollständig nach Polen umgesiedelt. Dort sollten sie den von der Wehrmacht besetzten „Warthegau" germanisieren helfen. 1945 flohen sie nach Deutschland. Ein großer Teil wohnt heute wieder in den Regionen Württembergs, aus denen ihre Vorfahren ausgewandert waren.

Quellen

- Briefe, Tagebücher, Biografien, Akten, Haushaltsbücher, Kontoauszüge, Versicherungsverläufe, Fotoalben meiner Familie und Verwandtschaft
- Topografische Karten
- Murrhardter Zeitung, versch, Jahrg. (Stadtarchiv Murrhardt)
- Fotos (Stadtarchiv Murrhardt)

Gespräche mit:
- Schulkameraden aus Murrhardt und Backnang
- Dr. Rolf Schweizer
- Rainer Schönig, Gerhard Hörger (Stadt-Archiv Murrhardt)

Erwähnte Bilder

Reinhold Nägele:
- Schwäbische Hochzeit (1909.5) [7]
- Kurve bei Murrhardt, Bahnlinie (1913.19),
- Luftballons (versch.J.),

Im Exil aus der Erinnerung gemalt:
- Bahnlinie Murrhardt (1941.7)
- Letzte Kurve vor Murrhardt, Aus Heimweh gemalt, 1942, New York (1942.4)

Gustav Essig: Albert Bofinger, sen. (Wirt der Sonne-Post)
Maria Mungenast: Sonnepost, Postgasse

Erwähnte Literatur

Berlepsch, Heide v.:Zwischen Impressionismus und Neuer Sachlichkeit. Gustav Essig (1880-1962).- Katalog, Städtische Kunstsammlung Murrhardt, 2012.

dslb.: Schwäbischer Impressionismus im Umkreis von Heinrich Zügel.- Katalog, Städtische Kunstsammlung Murrhardt, 2011.

Braun, Markus: Die Flurnamen der Gesamtgemeinde Murrhardt. Das Gesicht einer Landschaft.-Stadtverw. Murrhardt (Hrsg.), 1956.

Bräutigam, Petra: Mittelständische Unternehmer im Nationalsozialismus. Wirtschaftliche Entwicklungen und soziale Verhaltensweisen in der Schuh- und Lederindustrie Badens und Wuerttembergs.- Oldenbourg

---

[7] Jahr/Nr. nach Werkverzeichnis Brigitte Reinhardt

Verlag, 1997
Ev. Kirchengenmeinde Murrhardt: Stadtkirche Murrhardt, 2004
dslb.: Walterichskirche Murrhardt.- o.J.
Fritz, Gerhard: Bauernhäuser des 18. und 19. Jahrhunderts in Murrhardt.- Volksbank Murrhardt, Sonderbeilage, o.J.
Gürr, Eugen: Murrhardter Chronik 45/46, und Eugen Gürrs Entnazifizierungsverfahren.-Hrsg. Gerhard Fritz.- historegio, Quellen, Bd.1, 1997.
Jäger, Gustav: Schwabenväter als Erzieher. Pietisten.- Ev. Kirchengemeinde Murrhardt, 1982.
Kozlik, Andreas und Rainer Schönig: Archivbilder Murrhardt. 1865 – 1978.-Erfurt: Sutton, 2007.
Krüger-Häcker, Helene: Dampfnudeln und Pfeffersoß. Rezepte unserer bessarabischen Küche.- Hilfskomitee der ev.-luth. Kirche aus Bessarabien.- Hannover, 1982.
Naturfreunde (Hrsg.): Fritz Lamm zum Gedenken (1911-1977).- Stuttgart 1977
Middelmann, Hanna und Wolf: Rundbrief Nr. 27 an die Spender für die überlebenden Juden in den baltischen Ländern, Göttingen, 2007 (Kapitel 4: Richard Schweizer)
Murrhardter Zeitung, 1953 ff..
Nägele, Reinhold: verschiedene Bildbände. Werkverzeichnis: Brigitte Reinhardt: Reinhold Nägele.- Stuttgart: Theiss, 1984.
Scheytt, Christoph: Wohin wir gehen, Geschichte einer Fahnenflucht.- Münster: Klemm + Oelschläger, 2013.
Schmidt, Ute: Bessarabien. Deutsche Kolonisten am Schwarzen Meer.- Potsdam: Dt. Kulturforum östliches Europa, 2008
Schweizer, Christian: Die letzten Kriegstage 1945 in Murrhardt.-Rundschau, SÜDWEST PRESSE, 4.5.2015.
Schweizer, Rolf u.a.: Bilderbuch der Erinnerung. Murrhardt 1850-1950.- Gaildorf Murrhardt: Verlag Schwend, o.J.
Schweizer, Rolf und Christian Schweizer: Murrhardter Wirtshausgeschichte(n).-Murrhardt, 2009.
Schweizer, Rolf: Bildsteine, Inschriften und Denkmale in Murrhardt, 1988.
Stadt Murrhardt (Hrsg.), Vergangenheit und Gegenwart: 1945. Das Ende des Krieges in den ehemaligen Gemeinden Murrhardt, Fornsbach u. Kirchenkirnberg.- Schr.Reihe Bd.2, 1995.
Steinle, Peter: Manuskripte zu Johann Ferdinand Nägele, zur Unternehmensgeschichte der Fa. Erich Schumm, und zur Geschichte der Son-

Quellen

ne Post.- Murrhardt, 2011- 2015.
Teplitzer Bildband Arbeitskreis (Hrsg.): Teplitz. Spuren in die Vergangenheit. Bildband.- Eigenverlag, Auenwald, 1987.
Troll, Thadäus: Murrhardt.-Gerlingen: Bleicher Verlag, 1978
Weiß, Herbert: Geschichte der Kolonie Teplitz.- Mühlacker: Heimatmuseum der Deutschen aus Bessarabien, 1985, fotomech. Nachdruck der 1. Auflage von 1931.
ders.: Teplitzer Chronik. Die letzten 10 Jahre des Bestehens der Kolonie Teplitz und die Heimkehr ins Mutterland.- Selbstverlag des Verf., Schatensen, 1958

Quellen

Bildnachweis

Abbildungen, priv., wenn nicht anders gekennzeichnet.
Titel: am Uferweg der Warta (Warthe), Polen, 1943.

Braun, Marcus: Die Flurnamen Murrhardts., S. 133.
Carl Schweizer Museum Murrhardt, 97.
Erbengemeinschaft Reinhold Nägele: S.12.
Heimatmuseum der Deutschen aus Bessarabien, Stuttgart: S. 60.
Hock, Heinz: Lebenslinien, S.79, 160.
Naturfreunde: Fritz Lamm zum Gedenken, 1977. S. 125.
Schmidt, Ute: Bessarabien. S. 52,69,70,184.
Schweizer, R. u. C.: Wirtshausgeschichten. S. 71.
Stadt Archiv Murrhardt: S. 42, 83.
Städtische Kunstsammlung Murrhardt, S. 182.
Teplitzer Bildband, S. 63.
alle anderen Abbildung priv, oder wie angegeben.

Reportagen, Essays, Zeitungsartikel von Götz Schmidt

(jeweils ca. 60 Seiten, Paperback, Preis 5,- €,
Bestellung: schmidt.niedenstein@t-online.de)

WIE WIR MIT UNSEREN TIEREN UMGEHEN

Tierseuchen - ein ganzes Fortschrittsmodell geht unter.
Zum Verhältnis der Menschen zu ihren Nutztieren
Tiere töten.
Der Beitrag der Wissenschaft zur Entstehung der industriellen Tierhaltung.
Keimschleuder Agrarfabrik.
Sind die Zugvögel schuld? Warum das Wegsperren der Tiere riskant ist und andere Strategien notwendig sind.
Über das Verschwinden und die Rückkehr der Haustiere.
Tiergerechte Haltung statt Dopingkontrolle
 Lebewesen Tier. Der Stall muss dem Tier angepasst werden, nicht umgekehrt

Reportagen, Essays, Zeitungsartikel von Götz Schmidt

BAUERN, LANDWIRTSCHAFT, DORF

Linke Studenten und Bauern in den 70er Jahren. Ein Blick zurück auf 68 und die Folgen
Warum verlassen Bauernkinder den elterlichen Hof?
Die Stadt – vom Land aus besichtigt.
Huhn sucht Mensch. Existenzgründungen in der Landwirtschaft.
Eine Chance für die Neugründung von Bauernhöfen. Als „closed Shop" hat die bäuerliche Landwirtschaft keine Zukunft
Künstler kooperieren mit der Agrarverwaltung. Das Fotoprojekt der NEW DEAL Administration in den USA (1935 - 1942).

LANDSCHAFT

Peuplieren statt Meublieren - Die Landschaft einer nachhaltigen Landwirtschaft
Heumachen. Oder: Fast wie im Paradies
Das Land – wie durch ein Fenster gesehen. Über die Schönheit und den Nutzen der Alleen.
Landschaften, in denen es den Tieren gut geht, sind schön. Über die Auswirkungen der Freilandhaltung auf die Landschaft.
Wanderungen mit Bauern – Oder: Über die Landschaftswahrnehmung der Bauern.
Weidemelkstand. Eine Fotoreportage

Reportagen, Essays, Zeitungsartikel von Götz Schmidt

BESSARABIEN

Mit dem Taxi nach Gnadental. Reisen in die Dörfer Bessarabiens (Ukraine)
Privat geht vor Katastrophe. Fotoreportage über Dörfer der Südukraine